NOUVEAU

SECRÉTAIRE

FRANÇAIS,

OU

MODÈLES DE LETTRES

SUR TOUTES SORTES DE SUJETS.

LIMOGES.

ARDILLIER, IMPR.-LIBR., PL. DES BANCS.

1853

NOUVEAU
SECRÉTAIRE
FRANÇAIS,

OU

MODÈLES DE LETTRES

SUR TOUTES SORTES DE SUJETS;

PAR ARDILLIER.

NOUVELLE ÉDITION.

LIMOGES.

ARDILLIER, IMPRIMEUR-LIBRAIRE, PL. DES BANCS.

SECRÉTAIRE FRANÇAIS.

PREMIÈRE PARTIE.

Lettres pour le premier Jour de l'An.

—

A UN PÈRE.

MON TRÈS-CHER PÈRE,

Je croirais manquer à mon devoir le plus essentiel, si j'oubliais, au commencement de cette année, de vous renouveler les assurances de mon plus profond respect et de ma plus vive reconnaissance. Agréez donc, mon très-cher Père, les souhaits ardents que je prends la liberté de vous faire d'une santé parfaite et de l'accomplissement de tous vos désirs. Puisse le Seigneur prolonger vos jours pour le bonheur de notre famille, et surtout pour moi ; et, qu'en s'écoulant, ils soient pleins de douceur et de tranquillité ! Permettez-moi aussi de vous con-sacrer tous les moments d'un cœur qui doit à vos

bons exemples la bonne éducation que vous
m'avez donnée et tous les sentiments dont il
se trouve capable. Ce sont des bienfaits dont
je ne saurais trop vous remercier. Je vous supplie de croire que je ferai de jour en jour de
nouveaux efforts pour mériter la continuation
de vos bienfaits, et pour vous prouver, par mon
respect et ma tendresse, la parfaite soumission
avec laquelle je suis, mon très-cher Père, votre très-humble et très-soumis Fils.

Autre Lettre à un Père.

MON TRÈS-CHER PÈRE,

Ce jour, où chacun s'empresse de vous féliciter, est bien cher à mon cœur. Quelle douce
satisfaction de voir l'amitié se joindre à la tendresse pour fêter le meilleur des pères! O nature! ô reconnaissance! l'expression me manque... Daignez, cher auteur de mes jours,
suppléer à mon incapacité. Ah! descendez
mon âme, vous y trouverez les fruits précieux
du sentiment qui est votre ouvrage... C'est le
plus beau présent que puisse vous offrir un
Fils dont la tendresse et le respect seront
éternels. Votre obéissant et respectueux Fils.

— 5 —

Au même.

MON CHER ET HONORÉ PÈRE,

Ce ne sont point la coutume et la bienséance qui m'avertissent de vous écrire au renouvellement de cette année ; c'est la tendresse et le respect qui me portent à vous marquer les sentiments du Fils le plus tendre et le plus soumis. Veuillez agréer les souhaits ardents que je fais pour votre santé et pour votre bonheur.

Votre tendresse pour votre enfant m'apprend naturellement que je puis contribuer, par ma conduite, à rendre votre sort heureux, vos jours paisibles. Je serais bien coupable si je me contentais de prier le ciel pour votre bonheur, sans me donner la peine d'y travailler ; recevez donc aussi l'assurance que tous mes efforts les plus constants tendent à ce but : je ne le dois pas seulement par un sentiment de tendresse filiale, j'y suis encore obligé par tous les soins que vous avez pris de mon enfance et de mon éducation. C'est une dette sacrée que je ne puis négliger sans crime. Voilà ce que me dicte le devoir : mais mon cœur va plus loin, il me fait trouver dans l'accomplissement de ce devoir la plus pure des jouissances.

Je suis, avec le plus profond respect et la plus vive tendresse, mon cher et bon Père, votre très-humble et très-soumis Fils.

—

A UNE MÈRE.

MA TRÈS-BONNE MÈRE,

Vous ne sauriez douter de la sincérité des vœux que je forme pour votre santé et pour votre bonheur durant le cours de l'année où nous allons entrer; je profite, pour vous les renouveler, de ce jour consacré aux témoignages de l'amitié et de la reconnaissance. La mienne sera aussi vive et aussi durable que les sentiments respectueux avec lesquels je veux vivre et mourir

Votre très-humble et très-soumis Fils.

—

A la même.

MA BIEN-AIMÉE MÈRE,

Je vois arriver avec joie ce jour où je vous répète avec effusion de cœur ce que je vous ai dit cent fois, et ce que je pense toute l'année. Ce n'est pas un devoir que je remplis; c'est un plaisir que je goûte. Oui, chère Maman, je vous aime de tout mon cœur, et le vœu le plus ardent que je forme est pour votre félicité.

Je n'ose m'applaudir de ma conduite pendant le cours de l'année qui vient de s'écouler : peut-être n'ai-je pas aussi bien fait que je le désirais ; mais je vous prie de croire que les meilleures résolutions sont dans mon cœur pour l'avenir. Si vous vouliez me dire que vous n'êtes pas tout-à-fait mécontente de moi, ce seraient là de belles étrennes. Je les attends avec impatience, et je tremble de n'en être pas digne à vos yeux.

Je vous embrasse de tout mon cœur, et suis, avec le plus profond respect, votre tendre et respectueuse Fille.

—

A la même.

MA CHÈRE MÈRE,

Célébrer une Mère adorée est moins un devoir qu'un plaisir ; mais quelle sera mon offrande pour vous exprimer les sentiments que m'inspirent vos vertus et vos bontés ? Un compliment ? des phrases ? Non... La tendresse la plus pure, les vœux les plus sincères, l'hommage de mes services, voilà le présent que mon cœur brûle de vous offrir, pour ce premier jour de l'an, et que dépose sur vos joues la plus respectueuse des Filles.

—

A UN GRAND-PÈRE.

MON TRÈS-HONORÉ GRAND-PÈRE,

C'est moi-même qui vous écris cette année; je vous présente de mon écriture pour vos étrennes, persuadé que le peu de progrès que j'ai fait vous causera plus de joie que tous les beaux compliments que je pourrais vous répéter. J'ajouterai seulement que je fais au ciel les vœux les plus ardents pour la conservation de vos jours et de votre santé. Je serai bien sage; aimez-moi toujours bien. Je vous embrasse de tout mon cœur, et suis votre tendre et respectueux Petit-Fils.

—

A UNE GRAND'MÈRE.

MA BIEN-AIMÉE BONNE MAMAN,

Le Créateur, en faisant fuir le temps et ramenant une nouvelle année, me rappelle naturellement à celle qui est ici-bas pour moi une image visible de sa bienfaisance, et m'offre enfin l'occasion d'exprimer hautement les vœux que j'ai formés chaque jour dans le secret de mon cœur. Je n'ai en effet que mes vœux pour m'acquitter de tous les bienfaits dont vous m'avez comblé jusqu'à ce jour, et leur sincérité égale la générosité de votre âme : mais ce ne sont que des vœux, et votre bienfaisance est sans cesse active! Cette reflexion, que je fais continuellement, m'apprend assez combien je suis encore loin de mériter tout ce que vous faites pour moi. Croyez au moins que si ma reconnaissance est toujours stérile pour vous, rien ne pourra jamais l'affaiblir, et qu'elle n'aura d'autres bornes que celles de ma vie. C'est le vœu le plus fervent de votre respectueuse et soumise Petite-Fille.

—

A UN FRÈRE.

Mon bon Frère,

Ce n'est plus ce temps heureux où nous étions tous ensemble à recevoir les tendres caresses de notre excellent Père et de notre si bonne Mère. Nous n'avions d'autre bonheur que celui de leur plaire, et lorsque ce beau jour du premier de l'an arrivait, notre joie, notre contentement et notre espérance étaient à leur comble. Réunis, coalisés, nous attendions avec impatience l'heure à laquelle nous devions offrir nos cœurs, nos hommages et nos souhaits aux dignes auteurs de nos jours. — Aujourd'hui, séparés, éloignés, nous n'avons qu'à nous écrire pour retremper notre amitié, nos souvenirs d'enfance et d'affection. Aussi, le motif de la présente est-il de te faire mes souhaits de bonne année, de te désirer une parfaite santé et de prier Dieu pour qu'il te fasse prospérer dans tes affaires. Ces vœux que je forme pour toi, tu comprends bien qu'ils s'étendent à toute la famille, que j'embrasse de tout mon cœur, ainsi que toi, mon bon Frère.

—

A UNE SOEUR.

MA BIEN-AIMÉE SOEUR,

Tendre rejeton de notre famille si unie, permets à ton Frère, en ce jour si cher à tout le monde, où les épanchements du cœur sont inépuisables, de te faire les souhaits d'une bonne et heureuse année. Quoique éloigné de toi, les sentiments fraternels palpitent continuellement dans mon cœur. Je pense toujours à ma bonne Sœur, à ses jeunes caresses, si naturelles, si pures, si innocentes. Je me rappelle avec plaisir ces jours où ma Sœur, ne sachant pas son catéchisme, venait finement me tourmenter pour le lui faire apprendre. Oh ! bonne Sœur, c'est à ce moment que je priais Dieu, avec la ferveur la plus pieuse, de donner la mémoire, l'intelligence et la sagesse à cette petite espiègle qui me faisait tourmenter.

Adieu, ma chère Sœur, reçois les embrassements du meilleur des Frères.

—

A UN ONCLE.

MON TRÈS-HONORÉ ONCLE,

Je me trouve heureux de l'occasion qui me permet de vous témoigner tout mon attachement par des vœux aussi sincères qu'empressés. Permettez-moi donc, au commencement de cette année, de joindre mes souhaits à tous ceux qui vous seront offerts pour votre bonheur et pour la conservation de votre santé.

Les liens de famille qui m'unissent à vous sont bien faibles en comparaison de ceux que vos bontés ont fait naître : jugez alors de la force et de la sincérité de mon attachement ; il ne finira qu'avec ma vie, et j'espère avoir fréquemment l'occasion de vous prouver que chez moi les paroles et les actions sont toujours en harmonie.

Veuillez donc continuer à m'honorer de l'amitié dont vous m'avez donné tant de preuves jusqu'à ce jour ; c'est un titre que je ferai en sorte de ne jamais perdre.

Permettez-moi, mon cher Oncle, de vous prier d'agréer mes très-humbles respects.

—

A UNE TANTE.

MA CHÈRE TANTE,

C'est toujours un plaisir pour moi que de vous exprimer des souhaits de félicité, parce que j'en porte continuellement le désir dans mon cœur. Je vous souhaite une bonne année aussi gaie et aussi heureuse que quelques-unes de celles que j'ai eu le bonheur de passer avec vous ; et si le ciel veut bien m'écouter, il vous en accordera encore au moins une cinquantaine d'autres avec celle-là ; qu'il y joigne pour moi une amitié constante de votre part, et tout ira pour le mieux.

Je suis avec respect, ma chère Tante, votre dévoué Neveu.

——

A UN PARRAIN ou A UNE MARRAINE.

Cher Parrain *ou* chère Marraine,

L'amitié que vous m'avez toujours témoignée me fait espérer que vous recevrez favorablement cette lettre, où je vous exprime avec joie, en ce jour du premier de l'an, tous les vœux que je fais au ciel pour la conservation de votre santé, et pour qu'il remplisse tous les souhaits que vous-même pouvez former. Veuillez bien me continuer cette bienveillante amitié, ainsi que vos précieux conseils. Je vous proteste avec vérité, mon cher Parrain (*ou* ma chère Marraine), que je n'ai cessé un seul moment d'en sentir tout le prix.

C'est avec la même sincérité que je vous renouvellerai en ce jour les sentiments du profond respect et du tendre attachement que vous conservera toute sa vie votre affectionné Filleul.

A UN COUSIN.

Mon cher Cousin,

Je ne pourrais mieux finir l'année qu'en redoublant pour la prochaine les vœux que je fais tous les jours pour votre santé et pour votre bonheur. Elle sera infiniment heureuse pour vous si le ciel seconde mes souhaits, et elle ne le sera pas moins pour moi si vous daignez me conserver la part que vous m'avez accordée dans l'honneur de votre estime ; je me flatte d'en mériter de plus en plus la continuation, par l'envie que j'ai de m'en rendre digne, et de trouver quelque occasion de vous témoigner, autrement que par des paroles, la sincérité de mon dévouement et la constante amitié de votre dévoué Cousin.

—

A UNE COUSINE.

Ma bonne et jolie Cousine,

Je rends grâces à ceux qui ont imaginé les devoirs mutuels que l'on se rend au commencement de l'année ; cette coutume me présente l'occasion naturelle de vous assurer que je n'ai jamais cessé de vous souhaiter tout le bien qui peut vous rendre heureuse. Mon cœur est toujours ce que vous l'avez connu ; les circonstances seules ont pu vous le faire paraître différent. Comme je suis persuadé que le vôtre n'est pas non plus changé, j'aime à croire que je vous retrouverai aussi la même ; et si j'ai à former pour moi un vœu au renouvellement de cette année, c'est de vous voir me continuer l'amitié dont vous m'avez honoré jusqu'à ce jour. De mon côté, j'aimerai toujours à me dire votre bien aimant Cousin.

—

A UN PROTECTEUR.

Monsieur,

Je saisis avec joie toutes les occasions qui se présentent de vous marquer mes respects et ma reconnaissance. Je ne pouvais laisser passer le jour de l'an sans renouveler l'expression de mon hommage sincère. Je vous prie donc de le recevoir avec la bonté qui vous caractérise. Aux vœux que je fais au ciel pour qu'il vous comble de jours heureux, j'en ajoute un autre : c'est qu'il me conserve votre bienveillance et l'honneur de cette protection qui m'a déjà été si utile. Permettez-moi, Monsieur, de vous prier d'agréer l'hommage de mon très-profond respect.

A UN MAITRE ou A UNE MAITRESSE DE PENSION.

Je serais bien coupable si, au commencement de cette année, au moment où chacun se donne réciproquement des témoignages de sentiments affectueux, je ne m'empressais pas de vous exprimer toute ma reconnaissance. Après Dieu et mes parents, c'est vous qui êtes au premier rang de mes affections, et je n'oublierai jamais les soins que vous avez prodigués à mon enfance, les peines que vous avez prises pour me former le cœur et orner mon esprit. Si le bonheur dépend des souhaits, une grande félicité vous attend, car si tous mes anciens camarades ont conservé comme moi le souvenir des obligations que nous vous devons, l'époque où nous nous trouvons doit vous procurer de nombreux témoignages de recon- naissance.

Veuillez agréer mes vœux de bonne année, et me croire, avec un profond respect, votre très-humble et très-obéissant Elève.

UN FILS ABSENT A SON PÈRE.

Mon très-cher Père,

Si je sens avec peine mon éloignement de vous, c'est surtout en ce moment, où je pourrais vous faire hommage de mes vœux les plus sincères, et en recevoir le prix le plus flatteur, l'expression de votre tendresse paternelle. Permettez cependant que je m'unisse, autant que possible, de cœur et d'esprit au reste de votre famille qui a le bonheur de vous entourer. Je ne chercherai point à vous adresser d'inutiles compliments; ils pourraient faire douter des sentiments de mon cœur. Vous savez combien je vous aime et vous révère; que pourrais-je dire qui vous persuadât mieux à cet égard que mes actions? Si j'avais eu le malheur de vous déplaire, ce ne serait point par de vaines paroles que je chercherais à m'excuser, mais par une conduite plus réglée. Veuille le ciel me permettre de vous exprimer les mêmes sentiments long-temps encore, en ce moment où les souhaits du premier jour de l'an, que vous recevez de toute votre famille et de vos amis, venant vous entourer pour vous dire qu'ils vous aiment. Moi, éloigné, je ne puis jouir de ce bonheur; mais permettez-moi, mon très-cher Père, de vous l'écrire et de vous exprimer ici, dans cette lettre, les vœux que j'adresse au ciel pour votre conservation et votre santé.

Votre respectueux et soumis Fils, en attendant qu'il puisse vous embrasser.

—

Le même à sa Mère.

MA BIEN TENDRE MÈRE,

Permettez à votre Fils absent, mais dont toute la pensée et le respect sont près de vous, à vos pieds, de vous supplier d'agréer les souhaits d'une bonne année. Ne croyez pas que ce jour soit un motif pour vous écrire. Mon cœur et ma pensée sont toujours à vous. Mes souvenirs sont incessants pour ma bonne Mère, qui m'aime avec cette tendresse qui n'a pas de bornes. Comment pourrai-je jamais reconnaître toute l'inépuisable bonté de celle qui m'a donné l'existence? Les prières ferventes que j'adresse tous les jours à la divine Providence, pour votre conservation, sont les seuls garants de ma vénération pour la meilleure des Mères.

Recevez donc, avec mes humbles hommages du premier de l'an, la soumission respectueuse de votre dévoué Fils.

UNE FILLE ABSENTE A SA MÈRE.

MA BONNE ET TENDRE MÈRE,

Qu'il m'est pénible d'être éloignée de vous à cette époque de l'année où chacun va s'empresser de vous adresser ses souhaits; pourquoi suis-je obligée de confier au froid papier des vœux que ma bouche vous exprimerait avec tant de chaleur. O! ma bonne Mère, que votre première pensée au nouvel an soit pour votre Fille. Avant que personne ait pu vous parler de son attachement, imaginez-vous que je suis auprès de vous et que je vous serre contre mon cœur : c'est une faveur que je réclame et qui n'appartient qu'à celle qui a pu apprécier tout ce qu'il y a de bon dans ce cœur maternel. Je ne vous dirai pas quels sont mes souhaits : vous savez combien je vous aime, et ce mot vous donnera l'étendue du bonheur dont je voudrais vous voir comblée.

Adieu, ma chère Maman ; pensez souvent à votre Fille, et croyez que toutes ses actions tendront constamment à vous satisfaire : c'est tout ce qu'elle peut vous donner en échange des soins et de la tendresse que vous avez prodigués à sa jeunesse, et il lui tarde d'être à même de vous prouver que vous n'avez pas donné le jour à une ingrate.

—

A UN AMI.

Mon cher Monsieur,

Des compliments, des étrennes, des vœux, c'est toute la monnaie du jour. Mais comment avec cela m'acquitter envers vous? Des compliments, vous en méritez sans doute plus que personne; il n'y a qu'un petit malheur : c'est que votre modestie vous les fait toujours refuser; je pourrais ajouter aussi que je n'ai pas le talent de bien les faire. Pour des étrennes, où en trouverais-je qui fussent dignes de vous? Il ne me reste donc que des vœux, et ceux que je fais pour vous, Monsieur, sont les plus sincères et les plus étendus; ils n'ont d'autre terme que votre mérite et mon respect : l'un et l'autre sont infinis.

—

A UNE DAME.

Madame,

Je commence par vous souhaiter une heureuse année : c'est comme si je vous souhaitais la continuation de votre philosophie chrétienne, car c'est ce qui fait le véritable bonheur. Je ne comprends pas qu'on puisse avoir un moment de repos en ce monde, si l'on ne regarde Dieu et sa volonté, à laquelle, par nécessité, il faut se soumettre : avec cet appui, dont on ne saurait se passer, on trouve de la force et du courage pour soutenir les plus grands malheurs. Je vous souhaite donc, Madame, la continuation de cette grâce : c'en est une, ne vous y trompez pas ; ce n'est point en nous que nous trouvons ces ressources. Recevez donc, Madame, les souhaits d'une bonne année dictés par un sentiment de reconnaissance inaltérable de votre bien affectionnée

—

Autre à une Dame.

MADAME,

Il aurait été trop commun d'aller ce matin à votre porte pour vous faire, sur la nouvelle année, un compliment d'une sincérité peu commune. Voyez tout ce que je vous dois depuis le moment où je suis née, jusqu'au moment où je respire ; rappelez-vous la connaissance que vous avez du cœur que vous avez formé, et puis dites-vous à vous-même tout ce que je voudrais vous dire, qui est fort au-dessous de tout ce que je pense.

Agréez, Madame, l'hommage de respect de votre bien humble servante.

—

A UN CAMARADE.

Mon cher Ami,

C'est aujourd'hui le premier jour de l'an, jour où l'on s'embrasse et où l'on se donne des bonbons. Au lieu de t'offrir de ces douceurs, je te prie de venir dîner avec moi; la gaîté, la franchise et la cordialité en feront les honneurs. Nous boirons à ta santé, à la mienne et à celle de nos amis. Nous n'oublierons pas non plus des vœux de bonne année pour ta maîtresse. Ainsi, je t'attends à cinq heures précises. Viens avec un bon appétit, de la gaîté et la mémoire d'une jolie chansonnette.

En attendant le plaisir de te voir, adieu, mon bon ami.

—

UN JEUNE HOMME A SA MAITRESSE.

Mademoiselle,

Le plus respectueux des amants vient aujourd'hui vous offrir, avec son cœur, quelques bonbons et l'hommage des souhaits heureux d'une bonne année. Il ose, de plus, avec ses souhaits, solliciter d'appuyer ses lèvres sur vos belles joues. Vous le permettrez, Mademoiselle, car le jour de l'an est un jour de tolérance et d'embrassements.

Pourquoi est-il obligé de vous l'écrire maintenant? C'est que ses devoirs et ses occupations ne lui permettent pas d'aller ce matin vous offrir ces hommages; mais, dans la journée, il ira solliciter la faveur d'un tendre embrassement et le bonheur de vous offrir ces quelques riens que le jour de l'an autorise d'accepter, et que la délicatesse ne peut refuser.

En attendant cette heure fortunée où je pourrai vous presser contre mon cœur, vous dire que je vous aime, que j'adore celle à qui je sacrifierais mille fois ma vie, permettez-moi de vous prier d'agréer l'hommage du plus profond respect de votre fidèle amant.

Autre Lettre du même.

Voilà le premier jour de l'an, ma chère Sophie ; c'est le moment où l'on s'empresse de rendre hommage aux personnes qui ont droit d'attendre cette soumission de notre part ; certes, je vous dois bien l'hommage de mon cœur, mais je n'ai pas attendu à ce jour pour vous l'offrir avec le respect qui accompagne toutes mes actions à votre sujet. Toute ma personne est dans votre dépendance ; que puis-je vous présenter de plus ? Je prends la liberté de vous envoyer un léger présent, non parce qu'il en vaut la peine, mais parce qu'il vous forcera à penser un instant de plus à celui qui vous aime pour la vie.

Je souhaite pour vous et pour moi cent ans de vie et cinquante d'amour ; le reste sera de l'amitié.

DEUXIÈME PARTIE.

Lettres pour Fêtes patronales.

—

A UN PÈRE.

MON TRÈS-CHER PÈRE,

Le jour de votre fête semble me ramener auprès de vous, ou, pour mieux dire, me fait sentir plus vivement notre séparation. Permettez que je m'y transporte un instant en imagination pour vous marquer mon respect, vous souhaiter une heureuse fête et des jours nombreux, et recevoir un baiser que votre bénédiction accompagnera : tels sont les vœux de votre Fils, et si j'ai une consolation dans mon éloignement, c'est de connaître assez votre cœur pour être persuadé que vous les accueillerez avec joie, et que vous prononcerez la bénédiction que je vous demande.

Je profite de l'occasion de cette lettre pour embrasser ma bonne et chère Maman, qui, avec vous, partage les sentiments les plus tendres et les plus respectueux de votre Fils.

UN ENFANT A SON PÈRE.

Il faut, mon cher Papa, que je vous fasse un petit aveu. J'avais appris un beau compliment qui ne signifiait pas grand'chose, ou que je ne comprenais pas du tout ; et tout en me tourmentant pour le mettre dans ma mémoire, je me disais : c'est bien la peine d'apprendre si difficilement ce que je sais déjà si bien ! Le compliment avait l'air de dire qu'un père est ce qu'il y a de plus respectable pour un enfant, et qu'on ne peut jamais l'aimer assez ; et il y en avait une grande page là-dessus. Bah ! me suis-je dit, je pourrais exprimer tout cela en trois mots. Il faudra cependant le répéter tout entier, et prendre ensuite un beau baiser qui vaudra mieux que tout ce verbiage. Eh ! bien, voyez, mon Papa, je n'ai joué seulement qu'un petit peu, et j'ai oublié tout le compliment ; mais, en revanche, je me suis souvenu du baiser.

A UNE MÈRE.

Ma très-tendre Mère,

C'est demain le jour bienheureux de la sainte dont vous portez le nom ; permettez à votre

Enfant de prier cette bonne sainte pour la meilleure des mères, et de recevoir les embrassements bien sincères de l'enfant que vous aimez si tendrement, à qui vous sacrifiez votre santé, votre travail et toutes vos veilles.

En ce jour de votre fête, souffrez que je vous embrasse de toute l'affection du cœur bien aimant de votre respectueux Enfant.

—

UN ENFANT A SA MÈRE.

Bonne Maman,

Voici le jour désiré de ta fête, que j'attendais avec tant d'impatience pour te sauter au cou, t'embrasser et te dire : Adorable Mère, je t'aime de tout mon petit cœur ; je te souhaite une bonne fête ; je n'ai à t'offrir qu'une fleur, la rose et la violette, symbole de la beauté et de la modestie, incarnée en toi. Reçois ce faible hommage de ton Enfant chéri.

—

A UN PÈRE ou A UNE MÈRE.

Je n'ai pas besoin de consulter l'almanach pour me rappeler que nous sommes arrivés à l'époque de votre fête : quand c'est le cœur qui nous guide, la mémoire est toujours fidèle. Recevez donc mes souhaits et mes vœux, et puisse le ciel vous faire passer sans nuages les jours qui s'écouleront jusqu'à ce que le temps me ramène une occasion solennelle de vous exprimer mon amour.

Veuillez croire aux souhaits sincères de celui qui mettra toujours au premier rang de ses devoirs de faire ce qui vous est agréable, et qui est, avec le plus profond respect, votre Fils soumis.

Le même aux mêmes.

Mon très-cher Père *ou* ma très-chère Mère,

Je me prosterne aux pieds du Saint (ou de la Sainte) auguste dont vous portez le nom, et que l'Eglise fête aujourd'hui, pour lui demander son ineffable protection sur l'auteur de mes jours, sur ceux à qui je dois tout : existence, bonheur, perfection. Oh ! mon bien-aimé Père (*ou* ma bien-aimée Mère), recevez, avec les souhaits d'une bonne fête, les tendres embrassements de votre Enfant, et l'assurance de son profond respect.

Le même aux mêmes.

Mon bon Père ou Mon adorée Mère,

Il y a long-temps que j'attends avec impatience le jour de votre fête pour vous offrir le don de mes économies. C'est un bouquet que j'ai acheté du fonds de mes réserves. Les fleurs que je vous présente sont celles de la beauté, de la vertu, de la modestie, de la fidélité, du courage, de l'union : c'est votre emblème, c'est votre image.

Ah ! recevez-le, ce bouquet que les mains de la tendresse vous présentent, et que le cœur reconnaissant de votre aimé Enfant vous prie de recevoir, en échange de ce baiser que vous allez donner à votre Fils respectueux (*ou* Fille respectueuse).

A UN GRAND-PÈRE ou A UNE GRAND'MÈRE.

Mon bon Grand-Père *ou* ma bonne Grand'Mère

Permettez à votre Petit-Enfant de se jeter à votre cou, de vous embrasser et de vous dire qu'il vous aime, qu'il est heureux aujourd'hui de vous souhaiter une bonne fête ; que toute son espérance est de venir vous la souhaiter de nouveau l'année prochaine, en vous trouvant en bonne santé. J'ose espérer que ce vœu se réalisera, car, tous les jours, dans ma prière, j'intercéderai le bon Dieu pour qu'il vous accorde de longs jours et une parfaite santé.

Votre bien respectueux Petit-Fils (*ou* respectueuse Petite-Fille).

—

A UN FRÈRE ou A UNE SOEUR.

Mon cher Frère *ou* ma chère Soeur,

Depuis notre enfance, je t'ai toujours souhaité ta fête en t'embrassant et en te donnant un bouquet. Aujourd'hui je viens te renouveler cet usage, dicté par les sentiments de l'amitié et les liens du sang. En te disant : Je te souhaite une bonne fête, rappelle-toi que mon amitié est inaltérable et que ma plus grande joie serait celle de pouvoir te servir et t'être agréable.

Compte sur mon entier dévouement et sur le plaisir que j'éprouverais de t'obliger.

Adieu ; encore une autre fois, je t'embrasse de cœur et d'affection.

—

A UN ONCLE ou A UNE TANTE.

Mon cher Oncle *ou* Ma chère Tante,

C'est toujours un plaisir pour moi que de vous exprimer les vœux que j'adresse au ciel, à l'occasion de votre fête, pour votre félicité ; je le prie de vous accorder de longues années ; et, si mes souhaits étaient exaucés, Dieu comblerait jusqu'à vos moindres désirs.

Je me rappelle sans cesse vos bienfaits, et tout mon regret est de ne pouvoir vous en témoigner de vive voix ma profonde reconnaissance. Je tâcherai du moins de vous le prouver par le soin que je mettrai toujours à me comporter de manière à vous contenter, et par le zèle avec lequel je suivrai vos moindres avis.

Croyez, mon cher Oncle (*ou* ma chère Tante), que c'est à la simple et franche vérité que je rends hommage, quand je vous assure que je vous aime. Oui, ce sentiment fait tout mon bonheur, et je veux être toute ma vie votre bien humble Neveu (*ou* Nièce).

A UNE COUSINE.

Bien, chère Cousine, bien ! raillez-moi un peu sur mon ignorance ; je sais pourtant que c'est bientôt sainte *(ici on met le nom de la sainte qu'on veut fêter).* Cette sainte-là n'est pas la mienne; c'est vous qui la remplacez pour moi, et c'est vous seule que je connais. Permettez-moi donc, charmante Cousine, de vous embrasser sur ces deux jolies joues que je vous connais, autant que cela se peut dans une lettre et à un éloignement comme le nôtre. Je voudrais bien faire mieux; mais il faut s'en tenir à ce qu'on peut. Je vous souhaite une fête heureuse; que dis-je, une? Je vous en souhaite cent. Cela ne me coûte pas plus, direz-vous. Non, chère Cousine; mais je voudrais seulement avoir la toute-puissance pendant un petit moment, et vous verriez de belles choses; mais il faut s'en tenir aux vœux. Il en est une, cependant, dont je suis le maître : c'est que je vous aimerai toujours. Tâchez d'en faire autant de votre côté; c'est tout ce que je vous demande. Adieu, ma belle Cousine; portez-vous bien et pensez quelquefois à votre dévoué Cousin.

A UN COUSIN.

Mon Cousin,

Je me rappelle avec bonheur que les premières années de notre jeunesse étaient une amitié constante et pure. Aussi viens-je aujourd'hui retremper cet heureux temps, en te souhaitant une bonne fête et une bonne santé. C'est aujourd'hui ta fête patronale ; reçois les vœux et les félicitations de ton bien affectionné Parent.

—

A UN PROTECTEUR.

Je suis assez malheureux, Monsieur, pour ne pouvoir vous marquer toute ma sensibilité que par des vœux stériles ; mais les cœurs faits comme le vôtre sont plus aisés à contenter que le vulgaire ; et l'amitié dont ils font le plus de cas n'est pas toujours la plus utile. C'est sur ce principe que j'ose me flatter, Monsieur, que les vœux sincères que je fais pour vous à l'occasion de votre fête, seront aussi bien reçus que si leur accomplissement dépendait de ma volonté. Rien ne m'est plus cher que l'amitié dont vous m'honorez, et celle que je sens pour vous m'en fait de jour en jour sentir tout le prix.

Je suis avec respect, Monsieur, votre très-humble serviteur.

—

A UN AMI SANS FAÇON.

Vive la joie! voilà un jour qui m'en promet. Je t'avertis que c'est dimanche ta fête, et que j'espère être du nombre des dévots qui la chômeront à ta table. C'est là, comme tu sais, un office que j'aime beaucoup. Je fais partir, pour m'annoncer, un courrier que je pourrais bien appeler un *dindon,* sans l'insulter. Je te prie de bien le recevoir par amitié pour moi. Il est encore certaine demi-douzaine de vieilles bouteilles que je te prie aussi de conserver jusqu'à ce dimanche si désiré. Ne va pas te récrier, au moins, cela n'en vaut pas la peine ; et je te promets de t'en prendre peut-être plus que je t'en envoie. Adieu ; porte-toi bien, pour notre plaisir et le tien. J'embrasse toute ta famille.

—

A UNE DEMOISELLE.

MADEMOISELLE,

J'invoque aujourd'hui la sainte dont vous

portez le nom, afin qu'elle vous inspire un bienveillant accueil à la lettre que j'ai l'honneur de vous écrire, pour vous prier d'agréer mes souhaits d'une bonne fête. Absent, je n'ai qu'une lettre et ma pensée à vous offrir ; près de vous, en me réunissant à vos amis, pour vous fêter et prier celle à qui vous êtes dédiée par le nom, j'avais le double avantage de vous offrir des fleurs aussi éclatantes et aussi fraîches que vous, et d'appuyer mes lèvres sur vos belles joues de roses et de lis.

Une seule espérance me console : c'est celle que, l'année prochaine, à pareille époque, je pourrai vous dire de vive voix ce que j'écris aujourd'hui.

Permettez-moi, Mademoiselle, de me rappeler à votre souvenir, et de me croire votre bien humble serviteur.

—

Autre à une Demoiselle.

MADEMOISELLE,

En venant vous souhaiter une bonne fête, attendu que c'est aujourd'hui sainte Marie (*ou une autre sainte*), recevez les fleurs que j'ai l'honneur de vous présenter, et daignez me permettre de vous embrasser, puisque la circonstance l'exige. Je m'estime très-heureux aujourd'hui de me joindre à vos parents et à vos amies, pour prier la sainte Vierge de répandre ses dons de bonheur, de santé, de beauté et de félicité sur celle qui porte son glorieux nom.

Votre très-humble serviteur.

—

Autre du même à la même.

Belle Françoise,

Enfin, ce beau jour que je désirais avec tant d'impatience est arrivé. Me voilà près de vous, à vous offrir ces fleurs qui vous ressemblent si bien : elles sont, comme vous, éclatantes de fraîcheur, de beauté, de sensibilité, de parfum, de candeur ; c'est la rose, le camélia, la sensitive, la violette, l'oranger fleuri, c'est tout le parfum des bosquets et des plates-bandes. Ah! aimable Françoise, en recevant ces fleurs, songez que celui qui vous les offre attend son paiement en prenant un bon à-compte sur vos joues. Il m'est bien permis, le jour de sainte Françoise, de vous embrasser non pas une fois, dix fois, mais bien vingt fois.

Adieu, mon bel ange, mon espoir, mon amour et mon bonheur.

UNE DEMOISELLE A UN JEUNE HOMME.

MONSIEUR,

Me rappelant que c'est aujourd'hui votre fête patronale, je vous écris la présente pour vous la souhaiter bonne et heureuse. Je vais prier aujourd'hui le saint dont vous portez le nom, afin qu'il vous protége, vous inspire de bons sentiments et vous donne le goût du travail et de la sagesse.

Tels sont les vœux que forme pour vous celle qui a l'honneur de vous saluer.

———

Autre de la même au même.

MON BON MICHEL,

C'est aujourd'hui votre fête; je vous la souhaite bonne et heureuse. Vous ne doutez pas de la sincérité de mes vœux. Ils partent de la pensée et du cœur. C'est vous en dire assez sur mes sentiments à votre égard. Le bouquet que je vous remets est dominé par l'œillet, le myrte, la marjolaine, symboles de fidélité, d'alliance et de sympathie. Conservez-le comme un gage de souvenir de celle qui se dit votre amie.

Autre de la même au même.

Mon bien-aimé,

Je t'attends aujourd'hui pour te souhaiter ta fête. Je te ménage une petite surprise qui te fera plaisir : c'est le don d'un bouquet et une embrassade de bon cœur, bien tendrement. Rappelle-toi que le jour de ta fête il faut avoir de la soumission et du repect.

Adieu, mon cher ami ; crois à la sincérité de mon attachement.

TROISIÈME PARTIE.

Lettres d'Anniversaire, de Félicitations, de Remerciements, de Condoléances.

—

POUR L'ANNIVERSAIRE D'UN PÈRE.

Mon très-cher Père,

Ce jour est bien beau pour moi ! c'est celui où vous êtes né pour le bonheur de ceux qui devaient tenir l'existence de vous. Je dois aujourd'hui mille grâces au ciel, et je les lui rends dans toute l'effusion de mon cœur. Ah! s'il écoute mes vœux les plus ardents, il m'offrira encore long-temps le plaisir inexprimable de vous témoigner les mêmes sentiments et la même joie; et si rien ne traverse la ferme résolution où je suis, ma conduite et ma tendresse vous seront toujours de nouveaux sujets de vous réjouir d'être né. Veuillez agréer, mon cher et respectable Père, cette expression de mon cœur, et la confirmer par votre bénédiction sacrée.

Je suis, avec un profond respect et une tendresse sans bornes, votre obéissant et respectueux Fils (*ou* Fille).

—

A UN AMI.

Encore une année de plus, Monsieur, et je vous en félicite. Vous me direz peut-être qu'il vaudrait mieux vous féliciter d'en avoir une de moins; mais comme cela ne se peut, il faut bien se réjouir des jours que l'on a en quelque sorte arrachés au temps, et qui, d'un instant à l'autre, peuvent cesser pour nous. Puissions-nous en obtenir encore de nombreux! vous, pour le bonheur de vos amis, et moi pour jouir de votre amitié, et vous offrir mes services plus long-temps.

Je suis, Monsieur, votre bien sincère et affectionné ami.

—

Autre au même.

MON CHER AMI,

J'ai été sur le point de ne pas t'écrire. Pourquoi me soumettrais-je à une mode qui fait faire tant de fausses grimaces aux indifférents? Ai-je besoin d'attendre le jour de ton anniversaire pour t'apprendre que je suis ton ami? J'espère que mes compliments ne t'en convaincraient pas davantage. Que dis-je, des compliments? Oh! sûrement je n'en ferai pas; ce serait te faire un véritable outrage. Je veux cependant te dire que je fais des vœux pour ton bonheur, et je ferais beaucoup mieux si l'occasion s'en présentait. N'en demande pas plus, j'ai fini; et si je t'écris aujourd'hui' c'est afin que, parmi tant de lettres dictées par un froid usage, tu en trouves au moins une d'un sincère et dévoué ami.

—

LETTRE D'UN ÉCOLIER

PRÊT A RETOURNER CHEZ SES PARENTS.

Enfin, je vais donc vous revoir, mes chers et bons parents! Comme le peu de temps qui me reste encore à passer jusqu'à cet heureux instant me paraît long! Je vais recevoir la récompense du travail d'une année; je vais jouir de votre présence et de vos caresses. C'est maintenant que je m'applaudis des progrès que j'ai faits : toutes les peines que m'ont causées les difficultés de l'étude sont oubliées; je ne vois plus que le plaisir d'avoir rempli votre espérance. Désormais, près de vous, j'étudierai vos vertus, et votre exemple me les rendra plus belles encore. Je les adopterai autant pour l'amour de vous que pour l'amour d'elles, et j'aurai la douce satisfaction d'être meilleur et de vous ressembler.

—

LETTRE DUN ÉCOLIER

EN APPRENANT LA NAISSANCE D'UNE SOEUR.

Quoi! j'ai une petite sœur! Tant mieux. Puisque vous avez maintenant deux enfants, vous en serez aimés davantage Je brûle de la voir. Si j'osais vous le dire, vous devriez bien, cher Papa et chère Maman, me faire donner une petite vacance, seulement de quatre ou cinq jours; cela ne serait pas trop long, et je travaillerais ensuite de manière à faire oublier cette courte interruption. Au moins je ferais connaissance avec ma petite sœur. Je suis bien curieux de voir si elle ressemble à Maman. O mon bon-Papa! un petit congé pour que je me réjouisse mieux de cette naissance! J'attends votre réponse avec impatience, et compte beaucoup sur votre indulgence. Je vais travailler, d'ici à ce temps-là, à mériter que ma demande me soit accordée.

—

LETTRE D'UN JEUNE HOMME
QUI RELÈVE DE MALADIE.

MES CHERS PARENTS,

J'ai été quelque temps sans vous écrire, et sans doute vous en accusez déjà ma négligence. Je ne suis cependant point coupable : j'ai été malade, et la crainte d'alarmer, peut-être inutilement, votre sensibilité, et de vous causer des inquiétudes, m'ont fait garder un silence que je me reproche. Je suis néanmoins très-satisfait maintenant de ce retard, puisque, grâce à Dieu, j'ai recouvré la santé, et que je puis vous l'apprendre en même temps que ma maladie. J'ai été très-bien soigné ici, et c'est ce qui m'a encore affermi dans l'intention que j'avais de ne point troubler votre tranquillité. C'était pourtant une très-grande privation pour moi, dans cet état de souffrance, de ne point jouir de votre présence et de vos soins. Je ne désire maintenant que de me réjouir avec vous de l'éloignement du danger, et je vous souhaite une santé égale à celle que je possède.

—

LETTRE D'UN JEUNE APPRENTI

A SON PÈRE.

MON TRÈS-CHER PÈRE,

Je profite de l'occasion qui se présente pour vous écrire, persuadé que vous apprendrez avec satisfaction que j'aime l'état que vous m'avez choisi, et j'y fais assez de progrès pour que mon maître veuille bien me donner quelques louanges. Il est vrai que, indépendamment du goût que je prends à mon travail, mon maître est si bon et me donne des conseils avec tant de douceur, que cela seul m'encouragerait à faire de mon mieux. La maison où vous m'avez placé, mon cher Père, me retrace la vôtre; j'y trouve les mêmes exemples de vertu, et je tâche d'en profiter, comme je faisais auprès de vous. Ce qui peut ajouter à mon bonheur et me donner un nouveau courage, est votre approbation et la bonté que vous aurez de faire parvenir, le plus souvent possible, de vos nouvelles et de celles de toute votre famille, à votre tendre et obéissant Fils.

LETTRE DE FÉLICITATION
A UNE PERSONNE QUI A OBTENU UN EMPLOI ÉLEVÉ.

Monsieur,

Agréez que je prenne part à la joie publique sur le choix que l'on a fait de vous pour (*mettre ici le nom de la place*). La réputation de votre sagesse, de votre droiture, de votre équité, avait déjà prévenu les esprits en votre faveur, et vous sembliez être fait pour remplir les augustes fonctions dont on vous a chargé. Le public se réjouit de votre promotion, par l'estime qu'il a pour vous, et par la justice qu'il en espère; et moi, par le respectueux attachement avec lequel je suis votre bien dévoué serviteur.

A UN PROTECTEUR

QUI A OBTENU UN EMPLOI.

MONSIEUR,

Vous ne devez pas douter quelle a été ma joie à la nouvelle qui m'a appris l'heureux événement qui vous est arrivé : le bien que vous m'avez fait ne peut me laisser indifférent sur celui qui vous arrive. Je ne vois là-dedans qu'un prix que le ciel accorde à votre bienfaisance; et personne plus que vous, Monsieur, n'est en état de remplir les fonctions de l'emploi que l'on vous a confié. Je ne doute point, Monsieur, qu'étant aimé comme vous l'êtes, vous n'ayez reçu plusieurs compliments sur ce sujet. Je laisse à d'autres la gloire de vous en faire de plus polis que le mien; mais je suis sûr qu'on ne vous en fera pas de plus sincère.

—

A UN AMI

QUI A OBTENU UN EMPLOI.

MONSIEUR ET AMI,

Votre mérite et vos vertus ont enfin reçu la récompense qui leur était due depuis si long-temps. Je ne vous en félicite pas comme d'un bonheur qui vous est arrivé, mais comme d'une justice qui vous est rendue : par vos talents et vos qualités vous honorerez encore plus votre place qu'elle ne vous honorera. Quand la fortune ferait tous ses efforts pour vous combler d'honneurs, elle vous donnerait moins encore que vous ne méritez. J'espère de votre amitié que vos nouvelles occupations, auxquelles votre place vous attache, n'effaceront pas de votre souvenir votre dévoué ami.

Autre sur le même sujet.

Mon cher Ami,

J'ai donné à la foule le temps de vous marquer sa joie, afin que l'amitié sincère ait son tour, et vous fasse oublier toutes les vaines paroles dont on vous a étourdi. J'espère, Monsieur, que ce ne sont pas des compliments que vous attendez de ma part; vous connaissez assez mon cœur pour ne pas douter de la joie qui s'y est élevée à la nouvelle de votre bonheur, et cette joie est d'autant plus sincère que je sais qu'en changeant votre sort, la fortune ne peut changer vos sentiments. Je ne crains point d'affirmer que je serai aujourd'hui votre ami comme je le fus autrefois ; ce qui me fâche, c'est que mon amitié, aux yeux du monde, ne paraîtra pas aussi généreuse que la vôtre ; mais vous, vous saurez toujours qu'elle ne peut devenir moins sincère.

Agréez l'affection bien sincère de votre ami pour la vie.

POUR FÉLICITER UN AMI
SUR LE SUCCÈS D'UN PROCÈS.

MON BIEN BON AMI,

Vous triomphez enfin, et croyez que je m'en réjouis autant que vous. Je n'ai jamais douté de la bonté de votre cause, parce que, connaissant la droiture de vos sentiments, je savais d'avance que vous ne pouviez poursuivre ce qui n'aurait pas été juste. Je m'empressse de vous marquer ma joie par écrit, en attendant que je puisse vous la témoigner de vive voix, et vous assurer que je suis votre sincère et dévoué ami.

RÉPONSE.

Je vous remercie beaucoup, Monsieur, de la

part que vous prenez à mon succès, et plus encore de l'opinion avantageuse que votre bienveillance vous donne de mes sentiments. J'ai toujours fait mes efforts pour mériter un tel éloge, et il est doublement glorieux pour moi quand je le reçois d'un homme dont les vertus lui ont concilié l'estime générale.

—

LETTRE DE FÉLICITATION

A UNE PERSONNE QUI VIENT DE SE MARIER.

Je m'empresse de vous témoigner la joie que me cause l'union heureuse que vous venez de former. Que le ciel vous donne seulement, à vous et à votre aimable épouse, de longues années ; vos excellents caractères feront le reste. Je vous souhaite une postérité nombreuse, parce qu'il est utile au monde que les honnêtes gens se perpétuent, et qu'élevés sous vos yeux et instruits par votre exemple, vos enfants ne peuvent que vous ressembler. Comme, à l'avenir, vous et votre chère épouse ne serez plus qu'un, veuillez aussi n'avoir tous deux qu'une amitié pareille à celle que vous m'avez marquée jusqu'ici, et à celle qui me fera embrasser avec joie toutes les occasions de vous témoigner à l'un et à l'autre que je suis, sans réserve, votre affectionné serviteur.

RÉPONSE.

Je reconnais, Monsieur, par la joie que mon mariage vous a donné, combien vous m'êtes attaché; et votre honnêteté me présente l'occasion de vous renouveler le témoignage de mon amitié. Croyez donc que mon changement d'état n'a point changé mon cœur, et je vous prie d'être persuadé que, si je ne puis à présent vous donner que des paroles, un jour viendra peut-être où je serai assez heureux pour vous prouver que personne n'est plus que moi, Monsieur, votre très-humble serviteur.

—

Autre sur le même sujet, écrite par une dame.

MONSIEUR,

Je ne pouvais rien apprendre de plus agréable que votre mariage avec mademoiselle C***; votre constance est enfin couronnée, et je vous en félicite : vous possédez une personne aussi vertueuse que charmante; votre sort ne peut qu'être heureux. Permettez, Monsieur, que je présente mes civilités à votre aimable épouse, et croyez tous deux que j'éprouve une véritable joie de votre bonheur naturel.

RÉPONSE.

Madame,

Ce qui augmente encore ma félicité en ce moment, c'est de voir qu'une personne aussi estimable que vous daigne y applaudir. Mon épouse n'est pas moins sensible que moi à votre gracieux souvenir et aux éloges que vous lui donnez. Veuillez en recevoir ici mes remerciements.

Autre à une Dame, sur le même sujet.

Plus j'avais d'impatience, Madame, à vous faire mon compliment sur votre mariage, plus j'ai de plaisir à vous le faire aujourd'hui. Le ciel semblait depuis plusieurs années vous chercher ou vous préparer un époux qui fût digne de vous ; il vous l'a donné, il vous a donnée à lui : le bonheur est égal de part et d'autre. Jugez de quelles bénédictions sera suivie l'union de deux cœurs aussi bien assortis.

Je suis, Madame, avec respect, votre bien sincère et toute dévouée amie.

POUR FÉLICITER UN MARI

SUR LES COUCHES HEUREUSES DE SON ÉPOUSE.

J'ai beaucoup de joie, Monsieur, d'apprendre l'heureux accouchement de votre épouse. Ce sont des bénédictions que Dieu donne aux ménages, dont on doit le remercier. Il serait à souhaiter qu'il y eût beaucoup de pères comme vous, capables de bien élever leurs enfants et leur laisser autant de vertus que de biens. Je me réjouirai toujours de tous les avantages qui vous arriveront, et je serai toute ma vie, Monsieur, votre bien dévoué serviteur.

—

POUR LA NAISSANCE D'UN FILS.

J'ai appris, Monsieur, avec un vrai plaisir, qu'il vous est né un fils : c'est un successeur de vos vertus, ce sera un autre vous-même; et le monde ne peut que se réjouir de voir se multiplier les gens qui vous ressemblent. Je prends occasion de vous offrir de nouveaux respects, et de vous assurer de mon sincère attachement.

—

POUR UNE CONVALESCENCE.

MADAME,

Autant j'ai eu d'inquiétudes et de craintes dans le cours de votre maladie, autant j'éprouve de joie en apprenant que votre santé se rétablit, et que vous n'avez plus qu'à laisser faire la nature. Je n'ose recommander d'être prudente à une personne qui est la prudence même; mais mon amitié ne peut s'empêcher de vous engager à prendre bien des précautions : chaque jour vous rendra un peu vos forces, ménagez-les; jouissez-en sans les trop mettre à l'épreuve, et nous finirons par vous revoir aussi bien portante et toujours aussi aimable que nous vous avons vue. S'il n'eût fallu que des vœux pour vous préserver des maux qui vous ont fait souffrir, vous ne doutez pas que les miens eussent opéré ce prodige. Veuillez croire à l'attachement sincère de votre dévoué serviteur.

RÉPONSE.

MONSIEUR,

Je ne puis assez vous remercier des marques d'amitié que vous donnez sur le rétablissement de ma santé. Je sens en effet mes forces croître chaque jour, mais j'use de vos sages conseils : je les ménage. Ce qui me coûte le plus est de modérer un appétit qui semble prêt à dévorer tout ce qu'on pourrait lui offrir. Je suis très-sensible aux vœux que vous avez faits pour moi ; j'en souhaite de tout mon cœur l'accomplissement, afin d'être en état de vous faire connaître combien je suis sincèrement pénétrée de votre bonté et de votre dévouement.

A UN MILITAIRE.

Vivat ! brave C*** ! avec une valeur comme la vôtre on se couvre rapidement de gloire ; mais j'ai toujours peur que tant de courage ne vous soit funeste. Je sais que vous méprisez la mort, vous autres héros ; mais nous qui prenons tant d'intérêt à votre sort, nous la craignons pour vous, et nous vous prions de vous conserver un peu, afin d'inspirer plus long-temps de la terreur à nos amis. Quelques milliers de guerriers comme vous leur donneraient fort à faire, et nous les amèneraient bientôt doux comme des agneaux pour demander la paix. Grands mots à part, il faut convenir que vous venez de faire une action qui vous fait infiniment d'honneur, et qui doit beaucoup contribuer à votre avancement. J'en ai vraiment tressailli de joie en lisant les détails dans les papiers publics. Voilà comment on se place avec distinction parmi les hommes, et comment on gagne l'estime de ses concitoyens. Votre belle action m'a fait autant de plaisir que si j'eusse dû en partager la gloire.

—

POUR RECOMMANDER UN FILS
A UN AMI INTIME.

Monsieur,

L'amitié constante qui subsiste depuis si long-temps entre nous m'engage à vous recommander le porteur de la présente, qui est mon fils ; je suis persuadé que, pour l'amour de son père, vous le servirez de toutes vos facultés.

Je suis votre bien dévoué ami.

—

POUR S'EXCUSER
DE N'AVOIR PAS ÉCRIT A QUELQU'UN.

J'ai trop d'estime pour vous, Monsieur, et j'ai trop d'intérêt à ménager l'honneur de votre connaissance pour vous mettre en oubli. Il est très-vrai que depuis long-temps j'ai dû vous paraître bien négligent et bien peu soucieux de remplir mes devoirs à votre égard. Mais une réunion de circonstances a mis obstacle à ma volonté, et dix fois j'ai voulu vous écrire sans pouvoir mettre mon projet à exécution.

Veuillez donc agréer mes excuses et croire que si ma plume vous a négligé, ma pensée ne vous a pas manqué un instant. Croyez que c'est mon cœur qui parle quand je vous tiens ce langage, et soyez persuadé que je vous suis entièrement dévoué.

—

POUR S'EXCUSER

AUPRÈS D'UN SUPÉRIEUR AUQUEL ON A RÉPONDU UN PEU VIVEMENT.

MONSIEUR,

Je viens faire un appel à votre indulgence et avouer un tort. Emporté par un sentiment que je blâme vivement, j'ai répondu d'une manière peu convenable aux observations que vous m'avez faites, et j'ai manqué aux égards que je vous dois. Je ne chercherai pas à justifier ce tort en l'attribuant à un sentiment de fierté, que j'aurais dû étouffer; et je viens vous prier d'oublier les paroles déplacées qui ont dû vous offenser.

J'espère donc, Monsieur, que vous serez indulgent pour celui qui met tant d'empressement à reconnaître ses torts, et j'ose croire que cette circonstance, réunie à la promesse de ne plus céder à une vivacité répréhensible, me vaudra votre pardon.

Je suis, Monsieur, votre bien humble serviteur.

—

A UN AMI

QUI A PERDU SON ÉPOUSE.

Mon Ami,

Je sens toute l'étendue de votre perte, et ce n'est point pour vous consoler, mais pour pleurer avec vous que je vous écris. Celle dont la mort vous afflige avait toutes les vertus qui distinguent les personnes de son sexe que l'on estime le plus : on ne pouvait trouver une meilleure mère de famille, une femme plus modeste et en même temps plus aimable ; sa douceur entretenait la paix et le bonheur autour d'elle ; elle avait mille excellentes qualités ; et c'était vous qu'elle aimait, vous qu'elle voulait rendre le plus heureux des hommes !..

Je sens que je déchire votre cœur déjà si

cruellement navré ; mais, mon ami, que pourrais-je faire qui fermât une blessure si douloureuse? Nous devons à celle dont la mort nous laisse dans le deuil un juste tribut d'éloges et de larmes ; et s'il est quelque chose qui puisse nous consoler, c'est que les jours de cette malheureuse vie ne sont pas si nombreux, et que la divinité nous permet d'espérer une autre existence où tous les amis seront sans doute réunis, et pour ne plus se quitter. Voilà notre espoir, mon ami ; et c'est là que vous retrouverez et que vous posséderez encore celle que vous pleurez.

—

A UNE PERSONNE

SUR LA PERTE DE SA SŒUR.

J'ai appris avec une véritable douleur, Monsieur, la perte que vous avez faite de mademoiselle votre sœur : je m'en afflige avec vous, car, outre la part que je prends à tout ce qui vous touche, j'avais l'honneur de la connaître, et je l'estimais autant qu'elle le méritait. Votre fermeté et votre sagesse ont dû vous faire supporter ce coup avec courage, et votre piété vous a rappelé toutes les consolations que la religion donne aux hommes dans ces tristes événements;

je me contenterai donc de vous assurer qu'il ne peut rien vous arriver sans que je m'y intéresse extrêmement. Recevez aussi l'assurance de mon sincère attachement et de ma vive affection.

———

A UNE PERSONNE
SUR LA MORT DE SON FILS.

MONSIEUR,

L'amitié et l'estime que je vous porte m'ont rendu aussi sensible qu'à vous la perte que vous venez de faire de monsieur votre fils. Il faut être aussi ferme et aussi sage que vous l'êtes pour soutenir une épreuve aussi rude que celle-là. C'est sans doute la plus grande par laquelle vous ayez encore passé ; mais vos autres adversités ont dû vous apprendre à vous soumettre aux volontés de Dieu. Ce fut toujours là ma ressource dans mes disgrâces, et c'est celle que je vous souhaite, Monsieur, dans votre affliction.

———

A UNE PERSONNE
SUR LA MORT DE SON PÈRE.

Je regrette bien, Monsieur, la perte que

vous venez de faire de monsieur votre père, et je compatis à votre douleur. Il vous laisse les véritables biens : ses vertus, ses bons exemples, et les plus solides consolations, qui sont une longue continuation de sagesse, et une vie irréprochable. Je vous souhaite aussi une longue pratique de bonnes œuvres; et persuadé qu'il ne manque à la perfection de votre mérite que ce qu'un âge comme le sien peut y ajouter, je félicite vos enfants de retrouver en vous ce que vous perdez en votre père.

Recevez, Monsieur, mes salutations sincères.

—

A UN AMI
QUI N'A PAS ÉCRIT DEPUIS LONG-TEMPS.

Comme je vous gronderais de bon cœur si je connaissais quelque chose qui pût vous faire sortir de votre chère paresse! Vous méritez bien que je me mette de mauvaise humeur. Être si long-temps sans nous écrire! Je vous connais si bien que je parierais à coup sûr que vous ne savez pas combien il y a de temps que vous nous négligez. Je vais aider votre mémoire : il y a deux mois, et deux très-grands, même. Vous voilà bien étonné, j'en suis sûr. Eh bien ! repentez-vous ; cherchez des excuses, car il vous en faut, et de bonnes, pour ne pas nous laisser croire que vous nous oubliez. N'allez pas dire que la poste n'est pas exacte, ce sont là de vieux détours; dites-nous que vous avez été malade, ou plutôt avouez l'exacte vérité : dites que vous avez été bien paresseux, mais que cela ne vous a pas empêché de penser à nous. Je vous somme d'une réponse, dussiez-vous vous en effrayer ; je devrais même exiger une ligne à raison de chaque jour de retard ; mais j'ai pitié de vous, et je ne veux pas que mon amitié vous soit à charge. Ma famille se porte bien et vous embrasse. Adieu, jouissez d'une bonne santé, et aimez-moi toujours.

RÉPONSE.

Bon, grondez-moi bien, montrez-moi même de la colère, et je vous en remercierai de tout mon cœur : c'est que vous m'aimez, et que mon sort ne vous est point indifférent. J'aurais bonne envie de m'excuser; mais votre franche amitié m'en dispense. Eh bien ! oui, je suis paresseux ; mais vous savez qu'il n'y a personne qui rêve tant que ces sortes de gens; et j'ai souvent rêvé, ou plutôt pensé que je me trouvais près de vous, au milieu de votre famille. Vous n'en doutez point, j'espère, et je suis bien sûr que, s'il s'agissait de vous être utile, vous êtes persuadé que je ne mettrais pas autant d'indolence à agir que j'en mets à vous écrire. Croyez-moi toujours de vos amis, et embrassez toute votre famille à mon intention.

—

A UNE PARENTE.

Si j'en croyais les apparences, Madame, je vous ferais des reproches de ne m'avoir point écrit depuis six mois que je suis parti de Limoges ; mais vous êtes une trop bonne parente et amie pour que je pense que vous ayez tort sur les devoirs de l'amitié et de la parenté. Ces réflexions, Madame, m'alarment sur votre santé. Veuillez donc me tirer d'inquiétude, et me croire toujours, malgré votre oubli, votre bien affectionné parent.

—

POUR REPROCHER
UNE NÉGLIGENCE DANS UNE COMMISSION.

Comment m'y prendrai-je pour me plaindre de vous ? J'avais pris la liberté de vous charger d'une commission, et vous avez eu la bonté de me promettre qu'elle serait remplie ; j'y comptais, c'était une chose importante pour moi. Faut-il vous rappeler que vous l'avez complètement oubliée ? Je me fâcherais bien ; mais où cela me conduirait-il ? à perdre votre amitié, que je prise beaucoup, sans raccommoder mon affaire, qui est tout-à-fait manquée. J'aime mieux vous dire que je ne pense plus à tout cela, et que j'entends bien que vous en fassiez autant. Je parie que vous n'osez pas m'écrire. Il faut vous mettre à votre aise et vous dire que la paix est bien faite avant que la guerre ait éclaté. Ainsi, que tout aille comme autrefois, sauf à moi à ne plus vous donner de commission.

———

POUR REPROCHER

A UN AMI DE NE PAS S'ÊTRE INFORMÉ DE NOUS.

Ne vous vantez plus de connaître l'amitié, Monsieur : il y a six mois que je vous ai écrit, parce que je n'ai bougé du lit de tout l'hiver, et je n'ai pas eu la moindre marque de votre souvenir. Je vois bien que je pourrais être mort deux ou trois ans sans que vous vous en inquiétiez, à moins que mon ombre n'allât vous reprocher votre oubli. Prenez-y garde, au moins ; cela pourrait bien vous arriver, car je crois que je saurai aimer au-delà du tombeau.

QUATRIÈME PARTIE.

Lettres d'Excuses, de Recommandation, de Demandes et de Remerciment.

—

A UN PROTECTEUR
QU'ON A TROP LONG-TEMPS NÉGLIGÉ.

MONSIEUR,

Il faut que je compte bien sur votre bonté pour espérer que vous me pardonnerez ma longue négligence : mais quelques reproches que vous m'adressiez, vous m'en ferez encore moins que mon cœur, qui s'est déjà condamné avec autant de rigueur que le pourrait faire le juge le plus inflexible. Si l'aveu de ma faute peut la diminuer à vos yeux, je serai trop heureux d'acheter une partie de mon pardon par une pénitence si légère. Tout ce que je crains, c'est que vous n'imaginiez que, comptant sur votre indulgence inaltérable, je sois prêt à recommencer, dans la persuasion qu'un nouvel aveu vous arrrachera un pardon nouveau. Non, Monsieur, jamais pareil sentiment n'entrera dans mon cœur; je vais même jusqu'à provoquer votre sévérité, si, méconnaissant le prix de votre bonté, j'en abuse pour vous manquer par un nouvel oubli. Oserai-je espérer qu'une lettre de vous m'apprendra que j'ai un grand poids de levé de dessus ma conscience? Je ne serai point satisfait jusque-là, et, si vous vouliez me punir comme je le mérite, il ne tiendrait qu'à vous de prolonger mon supplice.

POUR S'EXCUSER

D'AVOIR MANQUÉ A QUELQU'UN.

MONSIEUR,

Je sens que dans ma vivacité j'ai dû vous offenser. Quand un sentiment trop violent nous aveugle, nous ne sommes pas maîtres des paroles qui nous échappent : voilà ce que je dois vous avouer avec franchise, maintenant que les fumées de la colère sont évaporées. J'estime trop votre amitié pour courir les risques de la perdre en n'écoutant que cette mauvaise et injuste honte qui nous empêche de réparer les fautes que nous reconnaissons pour telles. J'ai fait mon devoir, et je crois trop bien vous connaître pour ne pas espérer de votre générosité que vous avez déjà oublié ce qui s'est passé entre nous, avant d'avoir achevé la lecture de cette lettre. Permettez-moi donc de me dire comme auparavant votre dévoué serviteur.

—

UNE PERSONNE QUI A ÉTÉ MALADE

ET N'A PU ÉCRIRE.

J'imagine, Monsieur, que vous me pensez mort. Je croirais presque que je l'ai été en effet ; et quand je songe que ma maladie m'a empêché de m'entretenir avec vous, il me semble que j'ai cessé de vivre ; oui, Monsieur, ma maladie, et il ne me fallait pas moins pour négliger à votre égard un devoir que je remplis toujours avec plaisir. Je commence à ressusciter, et je profite de mon retour au monde pour vous en donner avis, et savoir si vous vous y trouvez toujours bien : en voilà assez pour un malade. Adieu, portez-vous bien, et

croyez-moi toujours le meilleur et le plus sincère de vos amis.

—

A UN AMI
POUR LUI RECOMMANDER UN JEUNE HOMME.

MONSIEUR,

L'amitié dont vous m'honorez m'engage à en profiter, non-seulement pour moi, mais encore pour les autres. Un de mes amis, jeune homme plein de talents et de dispositions, va s'établir dans votre ville, mais il n'y connaît personne; vous, Monsieur, qui l'habitez depuis long-temps, et qui y jouissez d'une estime générale, vous pouvez lui être utile. J'ai osé croire qu'en ma faveur vous ne lui refuseriez pas cette grâce. Quand vous le connaîtrez vous serez charmé de l'avoir obligé; et son honnêteté vous paiera bien de ce service. Pour moi, je vous en saurai autant de gré que si j'en retirais moi-même le fruit.

Daignez agréer l'expression des sentiments avec lesquels j'ai l'honneur d'être, Monsieur, votre dévoué serviteur.

—

POUR DEMANDER UN EMPLOI
EN FAVEUR DE QUELQU'UN.

MONSIEUR,

Vous m'avez jusqu'ici donné d'assez grands témoignages de vos bontés pour m'autoriser à vous en demander de nouvelles marques. Un ami de qui les intérêts me sont chers sollicite depuis long-temps un emploi dans les bureaux de... Jusqu'ici ses demandes ont été négligées, faute de personnes qui pussent ou voulussent s'intéresser à son sort. J'ai pensé que votre protection lui serait utile, et je sais que vous aimez à obliger ceux qui le méritent. La personne que je prends la liberté de vous recommander a la probité la plus exacte, les talents nécessaires, et une famille à soutenir: voilà ses titres ; et, pour lui donner le présage d'un avenir plus heureux, je l'ai assuré que vous m'aviez toujours permis de me dire votre serviteur dévoué.

POUR UNE PERSONNE
QUI PASSE DANS UNE VILLE.

Voici, Monsieur, une occasion de me rendre service : M. D... doit passer par votre ville; il est de mes amis, et sera très-satisfait de connaître ceux que j'ai l'honneur de posséder à... Il y sera étranger ; c'est assez vous dire que je vous prie de lui épargner les désagréments que l'on éprouve toujours dans un endroit où l'on ne connaît personne.

—

POUR RECOMMANDER UN JEUNE HOMME
QUI A BESOIN D'ÊTRE SURVEILLÉ.

Monsieur,

Mon fils fait son apprentissage dans votre ville, chez M. B.... Il est jeune et capable de faire une sottise aussi bien qu'un autre, quoique j'espère assez bien de lui ; je crains cependant qu'entraîné par quelque mauvais exemple, il ne donne dans le travers. Oserai-je vous, prier, Monsieur, d'avoir l'œil sur lui, et de me rendre compte de sa conduite; vous êtes père de famille, et vous saurez quel est le service que vous me rendrez ; il ne se peut bien apprécier que par celui qui a les mêmes inquiétudes que moi. Si, de mon côté, je puis vous être utile, je vous prie, Monsieur, de ne pas m'épargner, et de me croire avec considération, votre dévoué serviteur.

A UN OFFICIER GÉNÉRAL

POUR LUI RECOMMANDER UN JEUNE MILITAIRE.

Je ne présume pas assez de mon crédit auprès de vous, Monsieur, pour vouloir vous demander des choses difficiles ; mais comme, par un effet de la sympathie, vous devez accorder facilement votre protection à tous les gens de cœur, je me suis engagée à vous la demander pour un jeune homme de mes parents, qui aura l'honneur de vous rendre ma lettre. Il répondra assurément, par ses actions et sa conduite, à la bienveillance dont vous voudrez bien l'honorer. Si vous voulez, Monsieur, compter la prière que je vous adresse pour quelque chose, je vous assure que je vous en serai tout aussi redevable, et que j'en aurai autant de reconnaissance que si ma demande avait pour objet mon propre avantage.

UN DOMESTIQUE

POUR EN RECOMMANDER UN AUTRE QUI EST SANS PLACE.

MONSIEUR,

Je connais votre bonté pour l'avoir éprouvée

moi-même ; je prends donc la liberté de vous écrire, sans craindre que vous preniez ma lettre pour un manque de respect. Un de mes amis, *Antoine*, qui a été pendant quinze ans au service de M. de B..., se trouve maintenant sans place par la mort de son maître. Oserai-je, Monsieur, vous supplier de vous intéresser pour lui ? Parmi vos connaissances, il vous serait sans doute facile de le placer ; c'est une bonne action que vous feriez, et vous n'en auriez que de la satisfaction ; car Antoine est un homme honnête, fidèle, discret, et très- exact à remplir ses devoirs. Pardonnez, Monsieur, ma hardiesse ; mais, encore une fois, c'est votre bonté qui me la donne ; et parce que cette bonté m'encourage à vous faire une demande qu'on n'a pas coutume d'adresser aux personnes comme vous, ne croyez pas qu'elle diminue en rien le respect que je vous porte, et avec lequel je suis, Monsieur, votre très-humble et très-obéissant serviteur.

———

A UNE PERSONNE EN PLACE

POUR LA SUPPLIER DE NOUS FAVORISER DANS L'OBTENTION D'UN EMPLOI.

MONSIEUR,

Quoique j'aie à peine l'honneur d'être connu de vous, je prends cependant la liberté de vous écrire, et votre humanité seule m'y encourage. Depuis long-temps je sollicite un emploi dans *(indiquer ici l'emploi qu'on désire)* ; mais, sans doute, faute de personnes qui daignent prendre intérêt à moi, je n'obtiens rien. Les besoins de ma famille me forcent néanmoins à solliciter plus que jamais, et la réputation dont vous jouissez, Monsieur, semble m'assurer que, cette fois-ci, ce ne sera pas vainement que je renouvellerai ma demande. L'emploi qui me rendrait heureux est en quelque sorte en votre pouvoir ; un mot de vous peut en décider ; et ce mot fera la fortune ou le désespoir d'une famille. Pourrais-je espérer qu'il sera prononcé en ma faveur ? vous me rendriez un service bien essentiel, et ma reconnaissance serait sans bornes.

Je suis avec respect, Monsieur, votre très-humble serviteur.

POUR DEMANDER A DINER
A QUELQU'UN.

MONSIEUR,

J'espère me trouver mardi prochain dans les environs de votre maison de campagne ; serait-ce être indiscret que de vous demander à dîner en passant? C'est un plaisir que je me propose, et je souhaite que votre bonne santé et celle de votre famille ajoutent encore à cette jouissance.

—

POUR DEMANDER
LA PROTECTION DE QUELQU'UN.

MONSIEUR,

Vous avez eu la bonté de me permettre de recourir à vous dans les affaires les plus importantes qui pouvaient me regarder. Dans cette confiance, je vous prie de m'accorder votre protection. Je demande au ministre une lieutenance dans le... régiment de... pour mon fils. Voilà déjà plusieurs années qu'il sert ; vous savez que j'ai passé une partie de ma vie dans les armées. Puis-je, Monsieur, me présenter chez vous, pour vous prier d'apostiller sa pétition, et de la recommander au ministre même? J'attendrai votre réponse avec l'espoir que votre bienveillance m'inspire, et je suis, avec un profond respect, Monsieur, votre tout dévoué serviteur.

—

POUR REMERCIER UNE PERSONNE

DE NOUS AVOIR DONNÉ SA PROTECTION QUE NOUS NE LUI DEMANDIONS PAS.

MONSIEUR,

Je suis pénétré du service que vous m'avez rendu ; et ce qui me charme le plus dans votre procédé, c'est que vous m'avez accordé votre protection sans que je l'aie sollicitée. Par la noblesse de votre action, jugez, Monsieur, de ma reconnaissance et de mon respect, puisque rien n'égale le sentiment qui me les fait con—naître.

—

POUR REMERCIER UNE DAME

DES ATTENTIONS QU'ELLE A EUES POUR UNE AUTRE DAME.

MADAME,

Je m'empresse de vous faire des remerciments. Mon épouse vient de me marquer quels ont été les témoignages d'amitié que vous lui avez donnés : cela ne m'a point surpris ; car il y a long-temps que je connais votre cœur et que je suis persuadé qu'on n'en saurait trop faire d'estime. Me sera-t-il donc donné de pouvoir, de mon côté, vous montrer combien je suis sensible à des attentions aussi généreuses ? Je pense au moins, Madame, que vous ne doutez pas quelle joie j'aurais à rendre, à vous ou à ceux qui vous sont chers, des soins que vous avez accordés à mon épouse ; mais que j'aie le bonheur de m'acquitter, ou que je vous reste toujours redevable, je n'en serai pas moins votre dévoué serviteur.

POUR REMERCIER QUELQU'UN
DU SERVICE QU'IL NOUS A RENDU.

Je reçois la lettre par laquelle vous m'apprenez, Monsieur, que vous m'avez enfin obtenu ce que je sollicitais depuis si long-temps. Ce service, et la manière dont vous vous êtes toujours employé pour moi, me touchent si sensiblement que j'ai de la peine à vous exprimer tout ce que j'éprouve en ce moment.

Aidez-moi, Monsieur, à vous bien remercier. Dites-vous à vous-même que je sens toute la reconnaissance et toute l'amitié qu'un bon cœur peut ressentir quand on l'a comblé de bienfaits et d'honnêtetés. Je partirai d'ici au premier jour pour Paris. Que je serais heureux si je pouvais vous dire moi-même que personne ne sera jamais plus que moi, Monsieur, votre reconnaissant serviteur.

—

POUR REMERCIER QUELQU'UN

EN LUI REMETTANT UNE SOMME QU'IL NOUS A PRÊTÉE.

Enfin, Monsieur, je me trouve assez heureux de pouvoir vous rendre la somme que vous m'avez si obligeamment prêtée, et je m'empresse de vous la faire parvenir. N'allez pas croire cependant que je sois aussi pressé de me débarrasser de la reconnaissance ; je la conserverai au contraire très-précieusement dans mon cœur, et la savourerai avec d'autant plus de plaisir que je n'aurai plus la crainte de ne pouvoir m'acquitter de ma parole à votre égard. Maintenant je n'ai plus qu'un désir : c'est de trouver une occasion où je puisse aussi vous

être utile, non pour alléger cette reconnaissance, mais pour vous prouver que vous n'avez
pas obligé un ingrat.

CINQUIÈME PARTIE.

Lettres d'Amour et de Mariage.

—

LETTRE D'UN JEUNE HOMME
A UNE DEMOISELLE, POUR LUI DÉCLARER SON AMOUR.

MADEMOISELLE,

Je ne sais si mes regards et mes actions
vous ont appris le secret de mon cœur : ma
bouche n'a encore osé le laisser échapper. Je
sens cependant en moi le besoin impérieux de
vous le découvrir. Avant tout, Mademoiselle,
je vous supplie de croire que l'honnêteté de
mes vues est telle que la vertu la plus pure n'a
pas le droit de s'en offenser. Si je vous aime,
car enfin je dois avoir le courage de vous faire
entendre ce mot, c'est avec l'intention que doit
se proposer un honnête homme en recherchant

une jeune personne vertueuse comme vous l'êtes, Mademoiselle. Vous connaissez maintenant mon cœur, vous savez quelle est ma fortune; daignez me répondre et m'apprendre si je dois former quelque espoir. Je vais, en attendant, souffrir tout ce que les craintes d'un refus peuvent faire éprouver à un cœur aussi sensible que vivement épris. Quelle que soit votre réponse, favorable ou contraire, croyez cependant que je n'en serai pas moins, Mademoiselle, votre bien dévoué serviteur.

RÉPONSE.

Monsieur,

L'honnêteté qui paraît régner dans votre lettre ne me permet pas en effet de m'en offenser, mais je vous prie de vous souvenir que j'ai des parents à qui je dois autant d'obéissance que de respect.

UN JEUNE HOMME
POUR DÉCLARER SON AMOUR.

Mademoiselle,

J'ai depuis long-temps l'honneur de vous connaître; vos grâces et votre esprit m'ont toujours fait une vive impression ; votre heureux caractère vous a tout-à-fait assuré mon cœur. Oui, Mademoiselle, je ne vois plus maintenant de bonheur qu'à passer mes jours auprès de vous ; vous seule êtes l'objet de mes désirs. Une compagne douce et vertueuse est le plus grand bien que puisse acquérir un homme honnête et sensible. Souffrez, je vous en supplie, Mademoiselle, que je forme l'espoir de posséder un jour ce bien inappréciable. Mon amour n'est pas d'un jour ; j'ai bien lu dans votre cœur, et je sais parfaitement que vous pouvez me rendre heureux ; mais daignez, à votre tour, lire dans le mien, pour y voir combien je vous aime, et tout ce que je désire faire pour assurer votre félicité. J'attends mon sort du mot que vous daignerez prononcer.

Je suis, avec autant de respect que d'amour, votre serviteur le plus dévoué.

AUTRE LETTRE

D'UN JEUNE HOMME ÉPRIS SUR-LE-CHAMP.

MADEMOISELLE,

Ma lettre vous causera sans doute de l'étonnement : mais je me sens porté par l'irrésistible impulsion d'un amour aussi honnête que passionné, à vous écrire, et à vous ouvrir un cœur qui vous est presque entièrement inconnu. J'ai eu l'honneur de vous voir chez Madame *** ; vos charmes et la modestie qui les relève m'ont si vivement frappé que je n'ai pu, depuis cette époque, jouir d'un seul instant de repos. Mais, puisque mes sentiments sont purs, pourquoi craindrais-je de vous en faire l'humble aveu ? Si vous dédaignez de l'accueillir, il vous apprendra au moins quel est l'effet puissant de vos attraits. Veuillez donc, Mademoiselle, en cas qu'aucun engagement ne s'y oppose, me permettre de solliciter une entrevue en présence de quelque parent, où je satisferai vous et ceux que cela doit intéresser, sur ma famille, ma fortune et autres choses qu'il faut faire connaître avant que d'obtenir un libre accès. Mon amour-propre, ou, pour parler plus juste, mon amour me fait croire que mes regards, en cherchant les vôtres, n'y rencontrèrent point le dédain ; cela m'a suffi pour me donner une hardiesse qui sera cruellement punie si vous rejetez une demande d'où dépend le bonheur de ma vie entière.

Je suis, Mademoiselle, en attendant votre réponse avec la plus vive impatience, le plus sincère et le plus dévoué des amants.

UN AMANT A UN PÈRE

POUR OBTENIR LA PERMISSION DE RECHERCHER SA FILLE.

MONSIEUR,

Jaloux de mériter votre estime, je prends le parti de vous ouvrir mon cœur : j'aime mademoiselle votre fille, et c'est moins l'effet de ses charmes que des vertus que vous lui avez inspirées dès l'enfance. Vous connaissez ma famille, ma fortune ; et, si mes vœux vous paraissent dignes d'approbation, je vous prie humblement, Monsieur, de me permettre de faire ma cour à votre aimable demoiselle. J'ai quelques raisons d'imaginer que je ne lui suis pas entièrement désagréable ; je vous assure cependant que je ne me suis point encore efforcé d'engager son affection, dans la crainte que mes vœux ne se trouvassent en contradiction avec les volontés d'un père.

Je suis, Monsieur, avec respect, votre tout dévoué serviteur.

LE MÊME A LA DEMOISELLE,
APRÈS AVOIR OBTENU LA PERMISSION QU'IL DEMANDAIT.

MADEMOISELLE,

J'aurais peut-être dû consulter votre cœur avant de demander la permission de vous offrir le mien ; mais j'ai craint de blesser le respect que vous portez à votre respectable père ; et en demandant l'approbation de l'auteur de vos jours, je n'ai pas prétendu m'en autoriser pour contraindre vos sentiments ; mon bonheur dépend absolument de vous ; et je ne pourrai être heureux que quand vous le désirerez vous-même. A présent que j'ai rempli ce que le devoir me prescrit envers votre père, c'est vous que j'implore pour me permettre d'essayer de vous plaire et vous convaincre que le tendre sentiment que j'éprouve pour vous ne finira qu'avec ma vie.

RÉPONSE.

MONSIEUR,

Le respect que vous marquez pour mon père ne peut que m'être agréable, et je craindrais d'y manquer moi-même en m'opposant à ses désirs. Je recevrai vos visites avec les égards convenables; mais je stipule d'avance que le don de ma main ne sera point exigé que je ne puisse y ajouter celui d'un cœur sincère.

UN AMANT
A UNE PARENTE DE SA MAITRESSE
POUR LUI DEMANDER SI LE COEUR DE CELLE-CI EST ENGAGÉ.

J'ai eu plusieurs fois, Madame, occasion de voir votre aimable parente, mademoiselle ***, et je me suis senti entraîné irrésistiblement vers elle. Mes regards ont cherché les siens et j'ai cru remarquer qu'elle ne les repoussait pas avec dédain. Désirant avec ardeur lui offrir mes vœux, et faire les démarches usitées auprès de ses père et mère, j'ai voulu auparavant savoir si ces démarches ne viendraient point à contre-temps, et je me suis adressé à vous, Madame, dans l'espoir que vous serez assez bonne pour m'apprendre si mademoiselle *** n'a pas quelque engagement. J'attendrai votre réponse avec impatience.

Je suis avec respect, Madame, votre très-humble serviteur.

UN AMANT A SA MAITRESSE,

DONT IL EST ÉLOIGNÉ.

Si jamais voyage m'a causé du déplaisir, ma chère R***, c'est sans doute celui qui m'éloigne de vous. Il me semble, depuis que je vous ai quittée, que j'ai perdu tout ce qui peut m'attacher à la vie; rien ne m'intéresse si ce n'est ce qui se rapporte à vous : aussi, j'y fais rapporter toutes mes actions, et il n'est pas une de mes pensées qui ne vous offre à mon esprit. Je ne vous dirai pas que je crains l'absence pour votre amour ; vous m'avez assuré du contraire, et l'estime que j'ai pour vous m'empêche de douter de la sincérité de votre promesse. Votre vertu est le plus sûr garant que je puisse avoir de votre fidélité. Mais si je suis dans une parfaite sécurité sur ce point, je n'en suis pas plus heureux sous le rapport de l'absence ; les motifs que j'ai de vous aimer sont précisément les principales causes de mon tourment. Je regarde comme tout-à-fait perdus les jours que je ne passe point auprès d'une personne aussi accomplie que vous, Mademoiselle. Vous devez juger maintenant avec quelle impatience j'attends le moment qui terminera mon voyage ; je le hâte de tout mon pouvoir. Vo lettres peuvent me consoler dans l'espèce d'exil où je suis condamné ; par pitié, prodiguez-les en faveur de celui qui se qualifie, Mademoiselle, le plus fidèle et le plus tendre serviteur que vous puissiez avoir.

UN JEUNE HOMME

A UNE DAME.

MADAME,

L'ardente passion que je nourris pour vous étant fondée sur la sincérité, sera, j'espère, une suffisante excuse de ma présomption apparente. Comme mes vues sont justes et honorables, elles ne peuvent assurément offenser votre délicatesse qui m'inspire tant d'admiration. J'ai remarqué tant d'amabilité dans votre physionomie, que je suis porté à croire que la sensibilité qui y est peinte est l'expression d'un cœur susceptible de tendresse, et incapable de se refuser à encourager des vœux qu'accompagneraient la vérité, l'honneur et la sincérité. Cette pensée m'a enhardi à vous faire l'aveu d'une passion honnête, et à concevoir au moins une légère espérance de succès. Permettez donc qu'au premier jour convenable, et en la présence de telle amie qu'il vous plaira choisir, j'aille vous assurer personnellement à quel point et combien respectueusement je suis votre ami sincère et très-tendre amant.

—

UN JEUNE HOMME
A UNE DEMOISELLE.

Ma chère Caroline, je puis maintenant, sans blesser l'honneur ni la décence, vous offrir mon cœur et ma main. J'ai reçu aujourd'hui la généreuse approbation de votre père, sans laquelle il ne m'eût pas paru convenable de m'adresser à vous. Puisque ma famille et mes liaisons sont telles qu'elles n'ont rien à redouter des plus sévères recherches, mes espérances ainsi encouragées, j'ose me flatter que le cher objet de mon attachement voudra bien me procurer l'occasion de lui déclarer un amour que le temps ne fera qu'augmenter, et que mon vœu le plus sincère est de conserver toute ma vie.

Je suis, ma chère Caroline, votre dévoué serviteur.

—

SIXIÈME PARTIE.

Formules pour faire des Pétitions.

—

Modèle de Demande pour être déchargé de la Contribution mobilière.

*A Monsieur le Sous-Préfet de l'arrondissement de...,
département de...*

Monsieur,

La veuve ..., habitante de...

A l'honneur de vous exposer qu'elle est imposée au rôle de la contribution mobilière pour commencer en la présente année, sous le n°..., à la somme de...

L'exposante est extrêmement âgée, infirme et sans moyens d'existence.

Elle était propriétaire, à la vérité, de biens fonds; le partage opéré entre ses enfants, il lui reste à peine de quoi subsister, ce qui est notoirement connu.

Sa position est des plus malheureuses; elle vous prie, Monsieur, de vouloir bien y avoir égard, en ordonnant qu'elle sera rayée et biffée du rôle de ladite contribution.

Elle joint à la présente un certificat attestant sa position et la quittance des douzièmes échus.

Présentée à... le...

—

Modèle de Demande pour être déchargé de la Contribution foncière.

A Monsieur le Préfet du département de...

Monsieur,

Le sieur ..., domicilié à..., a l'honneur de vous exposer qu'il est propriétaire d'une maison sise à..., rue. ., portant le nº...

Que cette maison a été inhabitée depuis le... et même avant, l'exposant n'ayant pu trouver à la louer.

Que l'impôt foncier, portes et fenêtres, de ladite année, évalué à..., certifié par l'extrait de matrice du rôle délivré par M. le maire de..., en date du..., jointe à la présente, a été acquitté.

Dans cette circonstance, l'exposant demande à être remboursé de la somme de..., montant de ladite contribution.

Il attend de vous cette justice, et vous salue respectueusement.

Présentée à..., le...

—

Modèle de Demande pour être déchargé de la Patente.

A Monsieur le Sous-Préfet de l'arrondissement de...

Monsieur,

Le sieur... a l'honneur d'exposer qu'il est imposé au rôle de la contribution patente de..., comme marchand de bois en détail, état qu'il a cessé d'exercer depuis plusieurs années.

Pourquoi il joint à la présente la quittance et la patente, et demande à être remboursé de la somme de..., par lui avancée. Il attend de vous cette justice, et vous salue respectueusement.

Présentée le... à...

—

Modèle de Demande en réduction d'impôts.

A Monsieur le Préfet du département de...

Monsieur,

Le sieur...

Expose qu'il est imposé au rôle de la contribution mobilière de ladite ville, pour ..., dans une proportion beaucoup plus élevée que celle assignée aux autres contribuables de la même ville; qu'elle excède d'ailleurs la juste proportion de son loyer d'habitation, et que, pour se conformer aux dispositions de l'arrêté des consuls, du 24 floréal an VIII, il déclare présenter pour moyen de comparaison les cotes mobilières des sieurs L..., M... et N..., tous trois demeurant rue..., et dont le revenu comparatif est bien supérieur au sien, et qui cependant se trouvent bien moins imposés, et conclut à ce que sa cotisation soit établie proportionnellement à celles qu'il indique, et à ce qu'il lui soit accordé un dégrèvement de la somme à laquelle il se trouve trop imposé.

Il joint à sa pétition la quittance des termes échus, ainsi que le prescrit le même arrêté, et il attend avec confiance l'effet de la justice qu'il réclame et qui lui est due à si juste titre, et vous rendrez justice.

Présentée le... à...

Modèle de Demande de port d'armes.

A Monsieur le Maire de ..

Monsieur,

Le sieur..., domicilié à..., a l'honneur de vous exposer qu'en sa qualité de propriétaire de ... hectares ... ares

... centiares de terres en labour, bruyère, bois, etc., en la commune de... et pour se conformer à l'arrêté de M. le préfet, relatif au port d'armes, il demande et invite M. le maire à donner son avis, afin que l'exposant puisse obtenir de M. le préfet l'autorisation de porter des armes : l'ayant obtenue dans tous les temps, il espère et attend d vous, Monsieur, un avis favorable.

Présentée le..., à...

—

Modèle de Demande pour être continué à une place de piéton.

A Monsieur le Préfet du département de...

Monsieur,

Le sieur..., domicilié à..., employé au service de piéton dans le canton d... section...

A l'honneur de vous exposer, en réponse à votre honorée lettre du..., reçue ce jour,

Qu'en sa qualité de piéton, il a rempli la fonction qui lui a été confiée ; que s'il y a eu plainte portée contre lui, c'est injustement, puisque les commissions qui lui ont été données ont été remises exactement à leur destination ;

Que jusqu'alors il s'est présenté aux jours désignés en votre arrêté du..., pour recevoir les lettres et paquets, et transmis les réponses qui lui ont été confiées par MM. les maires des communes.

Il paraît, Monsieur le Préfet, que l'on vous a mal informé relativement à ce service, qui a été rempli exactement ; ce ne sont que des plaintes qui ne peuvent avoir aucun succès et qui cherchent à suggérer des moyen aucunement fondés.

12

Le soussigné a l'honneur de vous déclarer qu'il a rempli son devoir légalement, et que désormais il le remplira avec toute la célérité possible.

Il espère, Monsieur le Préfet, que vous voudrez bien le continuer dans sa fonction de piéton, qu'il croit ne pas avoir déméritée, ayant rempli son devoir, et qu'il se présentera au bureau de la préfecture, conformément à votre arrêté précité, au prochain jour, pour y recevoir les lettres et paquets, pour la continuation de gestion qu'il remplira exactement. Il attend cette faveur de votre équité, et vous salue respectueusement.

Modèle de Demande pour être autorisé à placer une Enseigne.

A Monsieur le Maire de la ville de...

MONSIEUR,

Le sieur..., domicilié à..., rue..., n°...,

A l'honneur de vous faire observer qu'il a l'intention de faire placer à l'extérieur de son domicile, du côté de la rue..., une enseigne pour sa profession; qu'il ne le peut sans votre autorisation. Pourquoi il vous donne la présente à ce qu'il vous plaise, Monsieur, de lui permettre de placer ladite enseigne devant son domicile, conformément aux réglements; en attendant cette permission, qu'il réclame de votre justice, il vous salue avec le plus profond respect.

Présentée à... le...

Modèle de Demande pour réparer une Maison située sur une grande route.

A Monsieur le Préfet du département de...

MONSIEUR,

Le sieur.... A l'honneur de vous exposer qu'il est dans l'intention de faire réparer une maison sise à..., rue .. n°..., appartenant au sieur... et désirerait être autorisé à faire une lucarne et recouvrir à neuf cette maison, conformément aux règlements.

En attendant cette autorisation qu'il réclame de votre justice, Monsieur le Préfet,

Il a l'honneur de vous saluer très-respectueusement.

Présentée le...

———

Modèle de Demande pour se faire rayer de la liste de la Garde nationale, étant porté sur deux contrôles à deux endroits différents.

A Monsieur le Préfet et à Messieurs les membres du Conseil de Préfecture du département de...

MESSIEURS,

Le sieur..., domicilié à...

A l'honneur de vous exposer qu'il est compris au rôle de la contribution personnelle et mobilière de la ville de..., ainsi qu'il en justifie par la quittance à lui délivrée par le percepteur des contributions, à la date du..., certifiée véritable par le maire, le même jour.

Qu'il est inscrit sur les registres et fait partie de la garde nationale de la ville de..., à la date du...

L'exposant est informé que, passant quelquefois huit ou quinze jours, plus ou moins, à..., dans une maison pour la facilité de ses fermiers, mais qui n'est pas son vrai domicile, puisqu'il réside à..., il a été commandé de garde le..., par le sieur..., sergent-major de la... compagnie de la garde sédentaire d... Sans doute qu'il ne peut en remplir les fonctions dans deux endroits.

Pourquoi, vu les certificats joints à la présente, demande qu'il vous plaise, Messieurs, ordonner que le nom de l'exposant sera biffé du contrôle de la garde nationale de la ville d... Ce faisant, vous rendrez justice.

Présentée à..., le...

—

Modèle de Demande pour obtenir une place.

A Monsieur le Préfet du département d...

MONSIEUR,

Le sieur ..., domicilié à...,

A l'honneur de vous exposer qu'il réside à... ; qu'il s'est comporté en homme probe et honnête, d'une conduite irréprochable; qu'il lui a été délivré un certificat attestant sa moralité, à la date du... dont copie, certifiée conforme par M. le maire (*ou* le commissaire de police), est ci-jointe.

L'exposant a sa femme et ... enfants, dont lui seul est le soutien; qu'il se trouve en ce moment sans travail et sans moyens d'existence.

Il a l'honneur de s'adresser à vous, Monsieur le préfet, pour vous faire la demande d'une place de... Il attend cette faveur de votre humanité et de votre justice.

Ce bienfait de votre part ne fera qu'ajouter aux sentiments de reconnaissance et de respect avec lesquels il a l'honneur d'être, Monsieur, votre très-humble serviteur.

SEPTIÈME PARTIE.

Compliments en vers.

—

LES SOUHAITS DU JOUR DE L'AN.

Jour de l'an, époque chérie !
Faisons, au gré de notre envie,
A chacun des souhaits divers.
Je souhaite à jeune coquette
Air plus décent, moins de toilette ;
A nos dames qui font des vers,
L'oubli de ce petit travers ;
A nos époux plus de constance,
Aux maris plus de patience ;
De la sagesse aux jeunes gens,
Plus d'obéissance aux enfants ;
Aux auteurs esprit et science,
Aux critiques plus d'indulgence ;
A tel petit compositeur,
L'art des sons qui charment le cœur ;
Aux comédiens de la mémoire ;
Aux procureurs moins de grimoire ;
Aux riches plus d'humanité ;
Aux marchands plus de loyauté ;
Aux pauvres moins de médisance :
Je souhaite encore aux journaux
Grand nombre d'abonnés nouveaux ;
Enfin, c'est là que je m'arrête,

A mes vrais amis je souhaite
Prospérité,
Franche gaîté,
Bon appétit, bonne santé.

—

A UN PÈRE ET A UNE MÈRE.

Ah ! daignez dans cette journée
De mon cœur accepter les vœux ;
Au commencement de l'année,
En vous fêtant je suis heureux.
Que de souhaits je devrais faire
Pour vous payer de vos bienfaits !
Mes vers ne peuvent vous déplaire ;
Ils ont le sentiment pour père,
Et c'est mon cœur qui les a faits.

—

A UN PÈRE OU A UNE MÈRE.

AIR : *Réveillez-vous, belle endormie.*

Trésors nés des pleurs de l'Aurore,
Vous n'êtes plus dans nos jardins ;
Enfants de Zéphir et de Flore,
Borée a fini vos destins.
L'aquilon fane la verdure,
L'hiver prépare sa rigueur ;
Tout se flétrit, et la nature
Ne parle plus que dans mon cœur.
Le don d'une fleur passagère
Ajoute-t-il au sentiment ?
Qu'un berger l'offre à sa bergère,
Elle n'en jouit qu'un moment.

La rose qu'un soleil fait naître,
Voit-elle deux jours son printemps ?
Mais mon cœur pour vous ne peut être
Sujet aux caprices du temps.
Recevez-le donc pour hommage,
Ce cœur, mon unique trésor :
Il est à vous, c'est votre ouvrage ;
Vos soins l'embellissent encor.

—

A UN PÈRE.

O vous à qui je dois le jour !
Vous que Dieu me donna pour père,
Recevez de mon tendre amour
L'hommage aussi pur que sincère.
    Si Dieu, favorable à mes vœux
Bénit pour moi le cours de cette année,
    D'un mortel protégé des cieux
Vous remplirez l'heureuse destinée.

—

AU MÊME.

Air : *Si Pauline est dans l'indigence.*

Voici donc l'heureuse journée
Où, brûlant des plus nobles feux,
Ta fille revient chaque année
T'offrir l'hommage de ses vœux.
Dans une impatience extrême,
Mon cœur attendait ton retour,
Pour convaincre un père que j'aime
De ce qu'il m'inspire en ce jour.

O mon père ! si ma tendresse
Est la source de tes plaisirs,

Je prétends m'occuper sans cesse
Du soin de combler tes désirs.
Sur ton front que le bonheur brille ;
Nargue le chagrin, les ennuis,
Accueille les vœux de ta fille,
Et qu'un baiser en soit le prix.

AU MÊME.

Pour vous, au ciel, je demande en ce jour
De tous les dons un parfait assemblage,
Et ce vœu que forme l'usage
Est formé chez moi par l'amour.

AU MÊME.

AIR : *Réveillez-vous, belle endormie.*

Vous m'avez donné la naissance,
Et puisque je vous dois le jour,
Je veux, par mon obéissance,
Vous prouver quel est mon amour.
Quels vœux formerai-je, mon père,
Qui puissent vous faire plaisir ?
Si j'ai le bonheur de vous plaire,
Mon âme n'a plus de désir.

AU MÊME.

O le beau jour !
Un solennel usage,
Transmis jusqu'à nous d'âge en âge,
Le consacre à l'amour.

Abjurant la colère,
Tout homme devient frère ;
On offre, on r'çoit tour à tour
Mille présents d'une main chère.
On se pardonne, quel beau jour !
Écoute, ô Dieu que je révère,
Écoute mon vœu sans retour :
Puisse l'année entière,
Sur le front de mon père,
Passer comme un beau jour.

—

AU MÊME.

Air : *C'est à mon maître en l'art de plaire.*

Permets, cher papa, que ta fille,
Simple, naïve et sans détour,
T'apporte, au sein de la famille,
L'expression de son amour.
Des soins qui depuis sa naissance
Ne se ralentirent jamais,
Lui prouvent que son existence
Est le moindre de tes bienfaits.

Ce n'est pas la plus belle phrase
Qui marque l'amour le plus grand ;
La rhétorique et son emphase
Ne font que nuire au sentiment.
Deux mots, quand l'amour est extrême,
En disent plus qu'un long discours ;
Voici le mien : Papa, je t'aime,
Papa, je t'aimerai toujours.

AU MÊME.

AIR : *Avec vous sous le même toit.*

Mon cher papa, pour ton bouquet,
Reçois ces fleurs fraîches écloses :
Vois ton image en cet œillet,
Et vois tes enfants dans ces roses.
L'œillet, par sa variété,
De tes vertus offre l'emblème :
Des roses la conformité
Te peint notre tendresse extrême.

—

AU MÊME.

AIR : *Que ne suis-je sous la fougère.*

Est-ce aux fleurs, à la verdure,
A nous fournir des bouquets ?
Ce n'est que de la nature
Que j'invoque les bienfaits.
Du cœur le simple langage
N'est jamais étudié,
Reçois le mien ; c'est l'hommage
Que vient t'offrir l'amitié.

—

LE RETOUR D'UN PÈRE.

AIR : *Chantez, dansez, amusez-vous.*

Enfin, au comble de mes vœux,
Je te revois, père adorable.
Est-il un destin plus heureux ?
Mon bonheur est inexprimable.

Tes droits, l'amitié, tes bienfaits,
T'en diront plus que ces couplets.

Va, tu peux croire à mes transports,
Ils sont vrais comme mon langage ;
Mon cœur te chérit sans efforts :
On ne sait pas feindre à mon âge.
Aimer sans art, rimer sans soin,
N'en suppose pas le besoin.

Souris à mon empressement,
Partage ma vive allégresse :
Le plaisir est un sentiment
Quand on le doit à la tendresse.
Oui, je l'éprouve en ce beau jour
Qui rend un père à mon amour.

—

UNE JEUNE FILLE A SON PÈRE.

AIR : *Jeunes amants.*

Depuis long-temps je sais t'aimer ;
Mais, papa, pour chanter ta fête,
A peine je peux m'exprimer,
Je suis encore trop jeunette.
De ta fille, dans ce beau jour,
Accepte des fleurs pour hommage,
Et sois bien sûr que son amour
Se peint sous cette douce image.
Par ta prudence et ta douceur
Tu sus diriger mon enfance :
Va tu peux compter sur mon cœur,
Il est plein de reconnaissance :
T'obéir, te plaire en tous temps,
Deviendra mon unique envie ;

Je veux jusque dans tes vieux ans
Faire le bonheur de ta vie.

—

A JULIEN, POUR UN PÈRE.

Air : *Si Pauline est dans l'indigence.*

Le saint qu'en ce jour on révère
Fut un des soutiens de la foi ;
Mais Julien avait-il, mon père.
Les qualités que j'aime en toi ?
Ta vertu n'a rien de farouche :
Toujours sensible et généreux,
Ton cœur, que l'infortune touche,
Vole au-devant des malheureux.

Ton épouse, ton fils, ta fille,
A tes soins doivent le bonheur ;
Oui, c'est par eux que ta famille
De son sort bénit la douceur.
Reçois donc l'hommage unanime
Qu'elle t'adresse en ce beau jour ;
Il est le tribut de l'estime,
D'un saint respect et de l'amour.

—

A UNE MÈRE.

Enfin voici le jour de l'an,
Il faut nous étrenner, maman ;
Petits cadeaux sont d'un heureux présage ;
D'ailleurs, partout c'est un commun usage.
Il le faut donc, mais avec quoi ?
J'avais un cœur, il est à toi :

Le tien par troc est à moi, je le garde ;
Pareil trésor jamais ne se hasarde.
    Hé bien ! il faut, sans balancer,
    Nous donner chacun un baiser.
De tout mon cœur je te dirai : Je t'aime ;
De tout le tien tu me diras de même.

—

A LA MÊME.

Devrais-je attendre au jour de l'an
A vous offrir mes vœux, maman ?
Lorsque le zèle et la reconnaissance
Les ont formés dès ma naissance,
Et qu'ils croissent à tout moment
Au gré du plus vif sentiment.
C'est trop tard, c'est trop peu qu'en ce jour je m'empresse
A vous prouver que jamais mon ardeur
    Ni mon respect, ni mà tendresse,
    Ne s'effaceront de mon cœur.
    Témoin de mon amour sincère,
    Puisse encor la divinité
Attacher à vos jours le bonheur, la santé :
    Je n'aurai plus de vœux à faire.

—

A LA MÊME.

AIR : *J'ai vu partout dans mes voyages.*

L'osqu'on fête l'objet qu'on aime,
On ressent un plaisir bien doux ;
Chère maman, dans ce jour même,
Nous goûtons ce plaisir pour vous.
L'amitié, la reconnaissance,
Nous ont fait rassembler ces fleurs :

De même votre bienfaisance
Sous vos lois réunit nos cœurs.
Minerve en vous voit sa sagesse.
Pour former ce petit présent,
Nous aurions voulu son adresse,
Nous l'avons voulue vainement.
Sur ton indulgente tendresse
Nous avons besoin de compter ;
Mais de t'aimer, t'aimer sans cesse,
Nos cœurs sauront s'en acquitter.

—

A LA MÊME.

Pour parer ton sein d'un bouquet,
Maman, j'ai fait choix d'une rose ;
Dans sa fleur vive et fraîche éclose,
J'imagine voir ton portrait.
Elle est la reine du bocage,
Toi, n'est-tu pas celle des cœurs ?
L'amour anime ton visage
De ses plus riantes couleurs,
Son parfum, son odeur divine,
De ta bouche on les sent s'exhaler.
Tu fais mieux que de l'égaler,
Maman, tu n'as pas son épine.

—

UNE FILLE A SA MÈRE.

AIR : *Charmante pastourelle.*

Maman toujours chérie
Des plus tendres enfants,

Daigne, je te supplie,
Recevoir nos présents.
Au lieu de fleurs nouvelles
Quand nous t'offrons nos cœurs,
Crois que des cœurs fidèles
Valent mieux que des fleurs.
En ce beau jour de fête.
Jour pour nous plein d'attraits,
Chacun de nous s'apprête
A chanter tes bienfaits.
Moi, je crains peu de dire
De trop faibles couplets ;
Quand le cœur les inspire
Ils sont toujours bien faits.
Ce n'est point à l'usage
Que tu dois nos bouquets,
Mais au sincère hommage
De nos cœurs satisfaits.
Pour toi chacun répète,
Dans ses transports d'amour :
Puissions-nous voir ta fête
Arriver chaque jour !

—

ANNIVERSAIRE D'UNE MÈRE.

C'est aujourd'hui l'anniversaire
Du jour heureux où tu naquis ;
Ma mère, un jour aussi prospère
Doit à jamais plaire à ton fils.
Plein d'une impatience extrême,
Mon cœur appelait son retour,
Pour renouveler en ce jour,
A la bonne mère que j'aime,

L'assurance de mon amour.
Oui, ma mère si ma tendresse,
Et mes respects font tes plaisirs,
Oui je jure aujourd'hui de m'occuper sans cesse
Du soin de combler tes désirs.

A UNE GRAND'MÈRE.

Air : *Jeunes amants, cueillez des fleurs.*

A son retour le nouvel an
Nous plaît chaque fois davantage ;
Il t'entoure, bonne maman,
D'amis de tout rang, de tout âge ;
Il vient de renaître, et déjà
Mon époux, mes fils et ma fille,
A toi, comme à tout bon papa,
Offrent les vœux de ma famille.

Vous trouverez dans ces enfants
Les soutiens de votre vieillesse ;
Ils vous rendront les soins touchants
Que vous donnez à leur jeunesse.
A l'exemple de vos vertus
De se former leur cœur pétille ;
Ils ne désirent rien de plus.
Heureux d'être de la famille.

Puissiez-vous jouir désormais
D'une agréable destinée,
Et voir, au gré de mes souhaits,
Se renouveler chaque année !
Pendant vingt ans, ah ! puissions-nous,
Pleins du feu qui dans nos yeux brille,

Comme en ce jour, à vos genoux,
Guider encor votre famille !

—

A UN ONCLE.

En ce jour où **Janus** nous ramène l'année,
Par quels souhaits peut-on, pour votre destinée,
Intéresser les cieux ?
Vivez long-temps, vivez heureux,
Et vous procurerez au plus cher des neveux
Une existence fortunée.

—

A UNE COUSINE, LE JOUR DE SES NOCES.

Air : *L'amour ainsi qu'la nature.*

Ces couplets faits à la hâte
N'auront-ils rien qui te flatte,
Cousine ? c'est moins l'esprit
Que le cœur qui les écrit.
A ce titre, je suis sûre
Que ma chanson te plaira ;
Car l'amour et la nature
Aiment ces impromptus-là.

Nous verrons dans ton ménage
Aux fleurs que sur ton passage
Va faire éclore l'amour,
Des fruits s'unir à leur tour,
Et cette richesse sûre
Tous les ans s'augmentera,
Car l'amour et la nature
Aiment ces récoltes-là.

De la chaîne qui vous lie,
Tous les jours de cette vie
Vous rappellent les plaisirs
Et rallument vos désirs.
Leur image douce et pure
Un jour vous rajeunira,
Car l'amour et la nature
Aiment ces souvenirs-là.

De la gaîté qui m'inspire
Partageant l'heureux délire,
A la santé des époux
Buvons, amis, buvons tous.
Ma tête, qui n'est pas sûre,
Peut-être s'étourdira,
Mais l'amour et la nature
Aiment cette ivresse-là.

—

A HENRI.

Réunis à la même table,
C'est Henri qu'il faut célébrer ;
Le feu de ce vin délectable
Va suffire pour m'inspirer.
　　On devient poéte
　　Pour chanter la fête
　　D'un parent chéri.
Qu'avec moi chacun de vous répète :
　　Vive Henri !
Son nom, bien connu dans l'histoire,
Fut celui d'un roi généreux,
Qui sut aimer, se battre et boire,
Et rendre ses sujets heureux.
　　S'il n'a pas un trône,

Faute de couronne,
Est-il moins chéri ?
N'entend-il pas se cri qui résonne :
Vive Henri ?
Mais que d's-je ? en roi magnanime
Il sait régner sur notre cœur :
Et le seul désir qui l'anime
Est de faire notre bonheur.
Amis, quel délire !
Son zèle m'inspire
Ce refrain chéri :
Ah ! puissions-nous cinquante ans redire :
Vive Henri !

A CHARLES.

Air : *Que ne suis-je la fougère.*

Couronné par la victoire,
Charles marchait en vainqueur ;
Ton nom n'est pas dans l'histoire,
Mais il est dans notre cœur.
A son char ce grand monarque
Traînait trente rois soumis ;
A ta table je remarque
Un plus grand nombre d'amis.

TABLE DES MATIÈRES.

LIMOGES. — IMPRIMERIE D'ARDILLIER, PLACE DES BANCS.

9 782329 734859